「言葉が殺される国」で起きている残酷な真実

芥川賞作家 Yang Yi
楊逸×劉燕子
中国文学者 Liu YanZi

中国共産党が犯した許されざる大罪

ビジネス社

まえがき

楊逸

　一九六四年、中国ハルビン生まれの私は、いわゆる「文革世代」です。五歳半のとき、家族とともに下放《かほう》されて以来「批林批孔《ひりんひこう》（林彪《りんぴょう》、孔子批判）」、「反走資派《はんそうしは》（資本主義路線推進派反対）」、「打倒四人邦《スーレンバン》（毛沢東夫人の江青《こうせい》が率いる四人組打倒）」、「改革開放」など数々の政治運動を経験し、そのたびに批判文なり批判詩なりを書かされ、飢えで背中にくっついたお腹を抱えながらも、無理やり「中国転覆を狙う」欧米帝国と、その「走狗《そうく》（手先）」らの醜い似顔絵に向けて拳《こぶし》を振るっていたのでした。

　幸い留学のチャンスにめぐり合い一九八七年に来日しました。その二年後の春、学生による民主化運動が勃発し、中国も変わるんだと希望に胸が膨らみ、居ても立ってもいられずに北京に飛んで戻ります。ただ、自らの意思で参加した「政治運動」は、それが最初で、そして「最後にしよう」とも心に決めました。

そう、「六四天安門事件」。

当局の鎮圧にあい流血という結果を受け、絶望してのことです。それから三二年が過ぎていまだに、事件につながりそうな文言、ないし「八九六四」という数字は、中国のネット検閲に引っかかって「禁止語」となっています。

「中国共産党は今年でもう一〇〇年。さんざん迫害されて、その邪悪さをよく知る私たちが、今こそ声を上げないと……」

知人の紹介で劉燕子さんから連絡が入り、そんな感じの話をしたのが二〇二一年一月。ちょうど雲を眺めて、うつうつとしていた日のことです。

歳が近く、同じ時代を生き、政治運動に翻弄されてきた者同士、また文学関係の仕事についているのもあって、自然と親近感が沸き、会話も盛り上がってきた、というところに、こつ然と頭のなかに「祥林嫂《しょうりんそう》」が浮かび上がってきました。なぜか。

祥林嫂は、魯迅《ろじん》の作品『祝福』（『酒楼にて／非攻』藤井省三訳、光文社、二〇一〇年）に登場する「不幸の女主人公」です。出身が貧しいゆえ、二度の結婚を強いられるも二度とも夫に死なれ、のちに愛息もオオカミに食べられて失ってしまいます……。

天安門広場の人民英雄紀念碑をバックに。1989年5月末、民主化運動をひと目見ようと東京から北京へと飛んだ。天安門広場は、若者たちの国を変えたいという熱気に満ちあふれていた。（楊逸）

自分の不注意で息子を死なせたと思い詰めて苦しむ彼女。ある種、心的障害を負ってしまい、「あたしはバカでした、本当に」と相手かまわず会う人ごとに、不幸話をしゃべろうとします。

路上で彼女の話を聞けなかった老女の中には、わざわざ訪ねてきて、この悲惨な物語を聞こうとする者たちもいた。彼女が声を詰まらせる段に至ると、老女たちも目尻に溜めていた涙を一斉に流し、ひとしきり溜め息をつくと、満足して帰って行き、帰路でも盛んに批評していた。

無論、劉さんも私もまぎれもなく共産党政権の被害者で不幸者です。私たちの身の上話を聞いて、同情する日本人もきっと多くいるでしょう。でも「祥林嫂」張りの不幸話の繰り返しでは、聞くほうも辟易《へきえき》してしまいます。

かといって邪悪政治も、それによってもたらされた苦難も、身をもって体験せずに理解するのは「至難の業」です。

そこで思いついたのは「文学の力」。

たとえばジョージ・オーウェルの『１９８４』（田内志文訳、ＫＡＤＯＫＡＷＡ、二〇二一年）。「ディストピアＳＦ小説」と銘打たれ世に出て七二年。世界の名作として日本でも長く愛読されてきましたが、以前レビューを読んだとき、「ソ連も中国も怖い」とか「しょせん小説家が作り上げた滑稽なおとぎ話」とか、あるいは「現実に起きても自分とは無縁」のような、共産主義国家での生活経験がない分、クールな感想が多いような印象でした。

独裁。全体主義。監視社会――。

共産主義の性質を物語るこれらのキーワードは、今回のコロナ禍によって一挙に顕在化し、不都合ながら、これら共産主義にしか寄生できないはずの悪い菌種は、自由の世界をもひそかに蝕んでいたことに気づかされた方は、だいぶ増えたことでしょう。

そこで、ジョージ・オーウェルや魯迅といった作家たちが、相当早い時期から共産主義の本質を見抜き、先見の明を作品に託して、いかに人々に伝えようとしていたかを中心に対談したらどうか、と考えたのです。ほかにも、中国の作家、王小波《おうしょうは》と莫言《ばくげん》、アメリカのアーネスト・ヘミングウェイ、チェコスロヴァキアからフランスに渡ったミラン・クンデラなどなど……。

さっそく、うろ覚えの作品を探し出して再読。そこに自らの体験をもって、巧みな手法で各々の「共産主義の残酷物語」が、こんなにも躍如として描かれていたことに、やはり驚愕せずにいられませんでした。

祥林嫂自身と、祥林嫂らの苦難を生み続けてきた中国。海外に出た私たちまでも、絶望して不幸話ばかり繰り返しているようでは、まさに共産党の思うツボ。「目じりに溜まっていた涙を一斉に流し、ひとしきり溜め息をつく」老女たちの同情は、ヤツらにとって金儲けのチャンスにさえなりうるのです。

「祥林嫂」などにはなりたくないし、決してなってはなりません。

――この世は素晴らしい。戦う価値がある――

ヘミングウェイのこんな名言が、今一段と胸に熱く響いてきました。

二〇二一年六月

もくじ

序章　呪縛の原点となった「赤い真実」

私たちは、なぜ〝共産中国〟に背を向けたのか？

第一章

言葉を殺した「加害者」に従うという不幸

すべてが政治の道具と化す〝洗脳ファースト社会〟

第二章

悪事の巧みな「書き換え」、そして過去の「正当化」

家畜化された〝ブタ〟としての中国人民

第三章

「敦煌」と「シルクロード」という幻想

知らず知らずのうちに〝共犯者〟となった日本人

第四章 「悪の本質」が世界を蝕むとき

共産主義100年の〝誤読〟

序　章

呪縛の原点となった「赤い真実」

私たちは、なぜ“共産中国”に背を向けたのか？

本章のキーブック

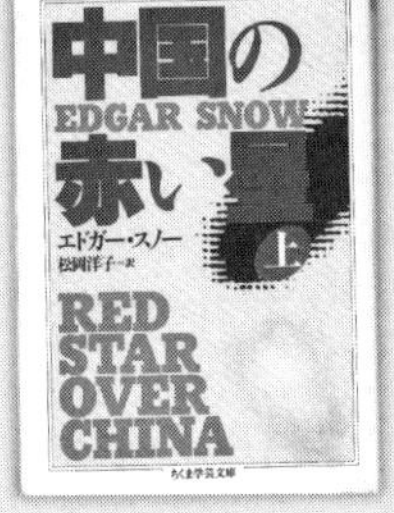

『中国の赤い星』
エドガー・スノー

『毛沢東語録』

五歳でマイナス三〇度の極寒地へ下放

楊逸　劉燕子さんと私は、おたがい〝同類〟なので、いろいろつっこんだ深い話ができるのを、とても楽しみにしています。

同類といったのは、ひとつは、私は一九六四年、劉さんは一九六五年の中国生まれで、文化大革命時代に苛酷な少女時代を送った共通体験をもつからです。

しかも、それだけではありません。ともに私たちの祖国の過去と現在と未来に大きな疑問をもち、祖国を離れて日本で暮らしながら、劉さんは翻訳家・中国文学者として、私は作家として活動しています。

私たちだから知り得たわが祖国、中国の〝不都合な真実〟を深く掘り下げるのが、この本の大きな目的です。一方で、〝同類〟であるがゆえに、私たちのあいだには暗黙の了解的なものがあって、日本人の読者に話が伝わりづらいことがあるかもしれません。

そこでまずは、私たちがどのような環境で生まれ育ってきたのか、当時の中国の惨状にどう翻弄されて生きてきたのか。簡単に説明していきましょう。

劉燕子　そうですね。たしかに世代、そして祖国は一緒ですが、私は中国中南部の湖南省長沙《ちょうさ》市出身。一方、楊さんは東北部、黒竜江省《こくりゅうこう》ハルビン市生まれですし、当然、育ってきた家庭環境もおたがい違いますから。では先輩の楊さんから（笑）。

楊逸　わかりました（笑）。

あれは、一九七〇年の春節、つまり旧正月間近の冬のある日、私が五歳半のときのこと。突然、「お前たち一家は、農村に行って再教育を受けろ」と、共産党に命じられます。いわゆる「下放」です。当時、両親はハルビン市内の平凡な教師で、贅沢はできないけれど一家五人が食べることには困らないくらいの、中国ではごく普通の生活を送っていました。

下放された先は、ハルビン市の北の蘭西《らんせい》県。電気も水道もなく、窓もドアも枠があるだけの廃屋でした。すき間風が入り込んできて、瞬時に体が凍りついてしまいそうな、マイナス三〇度の酷寒の世界でのサバイバル生活が、いきなり始まったのです。

母がありったけの布を私の体の上に載せてくれましたが、食事のときも、手に服や布を巻いていないと、かじかんで箸を動かすことすらできません。今から振り返ると、布団や鍋、釜など最低限の荷物しか持たず、よく冬が越せたものですね。

小学校の授業は「毛沢東思想」の学習が主体で、ハルビンから一緒のバスで来た人たちとは離れ離れにされました。「農民が世の中の中心」という趣旨の再教育を受けるわけですから、都市の〝ブルジョア思想に染まった連中〟を一緒にしておくわけにはいかなかったのです。

私は、まだ子どもだったのではっきりとは覚えていませんが、大人たちは「会議だ」といっては呼び出され、「農村での労働の大切さ」についてレポートを書かされたり、『毛沢東語録』をどれだけ勉強したのか、といったことを追及されたりしていたようでした。

少しでも意見を言おうものなら、たちまち「思想問題」とされ、「自己批判」を要求されます。父も母も、反論すると恐ろしい目にあうのがわかっているので、じっと耐えるしかありませんでした。

劉燕子　そうですね。私の近所のおばさんは、古い新聞で薪に火をつけるとき、冗談で「星星之火《シンシンズウホオ》、不能燎原《ブウノンリャオユエン》（星のような小さな火では、野原は焼き尽くせない）」とつぶやいたら、「反革命だ」と密告されて、批判を浴びました。毛沢東の言葉「星星之火《シンシンズウホオ》、可以燎原《クウイイリャオユエン》（星のように小さな火でも、野原を焼き尽くすことはできる）」に反していたからです。

楊逸　それから三年後の一九七三年、またもや突然、「ハルビンに戻れ」という命令を受

ふたりの姉（真ん中、右）とともに。後ろに見えるのが下放先の住まいだった廃屋。（楊逸）

けました。

今度も理由は不明です。しかも元の家には戻れず、高校の教室で数年間、暮らすことになりました。とはいえ、台所がないから食事も作れません。トイレはあるにはあるけれど、校庭を越えたはるか向こう側なので、夜は真っ暗闇を歩くのが怖くて、怖くて……。懸命にトイレに行きたい気持ちを抑え込んだものです。

母は教職に戻れましたが、父は学校内の積み木工場の建設に従事させられました。経済的に余裕がなく、私は一〇歳を超えてもベビーベッドで寝ていたため、手足を伸ばしてぐっすり寝た覚えがありません。ハルビンなど中国の北方には体の大きな人が多いのに、私の背が低いのはそのせいかもしれませんね。

一四歳になる頃、やっと二部屋にキッチンもついた2Kの住宅に入居できました。ところが、トイレはあるけれどお風呂はありません。決して豊かとは言えない生活でした。

とにかく中国では、いい思い出があまりありません。いつしか、私のなかに「とにかく中国から出ていきたい！」という思いがふつふつと湧き上がってきます。もちろん、最初は漠たる夢にすぎませんでした。ですが、あるとき横浜に伯父が住んでいることを知り、それを頼りに日本に留学することがかないました。一九八七年、二二歳のときです。

下放先で亡くなった長姉の遺品『毛沢東語録』。あの“殺人時代”の証しとして今も持ち続けている。(楊逸)

序章

呪縛の原点となった「赤い真実」

私たちは、なぜ“共産中国”に背を向けたのか？

こうして日本にやってきた私は、パソコンの外枠となるプラスチックの成型工場で働いたり、飲食店での皿洗いなどをしたりしながら、日本語学校で二年間勉強して、お茶の水女子大に入学。二〇〇八年に、日本語を母語としない初めての芥川賞作家となりました。

以後は作家として、母国中国の〝不都合な真実〟と向き合うことになりますが、そのあたりについては、本書で劉燕子さんとじっくり話すことにしますので、読者へ向けた私の自己紹介はここまで。では、劉さんの生い立ちをお聞かせください。

私の体をかすめた銃弾

劉燕子　私の故郷、湖南省は、革命家の〝産地〟として有名です。孫文とともに革命を率いて中華民国成立に大きな役割を果たした黄興《こうこう》や宋教仁《そうきょうじん》。そして、言わずと知れた毛沢東や、文革で失脚するまで毛沢東の後を継いで第二代国家主席を務めた劉少奇《りゅうしょうき》などなど。幕末の志士を多く輩出した鹿児島県になぞらえて、「中国の薩摩」とも評されています。

一九六六年、文革が発動された当時、私はまだ赤ちゃんでした。そして故郷の湖南省長沙市では、すぐに毛沢東を崇拝し地主や知識人を迫害する「造反派」同士の内ゲバが激化し、武闘（暴力的抗争）にまで発展していきます。

翌六七年になると文革は、党の主流派の追い落としを図る「奪権闘争」の段階になり、その主導権争いのため中国は内戦の様相を呈しました。一月二三日、毛沢東は事態を収拾し秩序を回復するとして、林彪率いる人民解放軍に、奪権闘争における「革命左派」、つまり自分たちへの支持を求めます。ところがその結果、むしろ大規模かつ残忍な争いが巻き起こり、各地で血なまぐさく残虐な事件が続発していったのです。

さらに同年、毛沢東夫人の江青が、「自衛のための武器を捨ててはならない」という条件つきで、相手を攻めるときは言論をもってし、自分の身を守るときだけ武器を使うというスローガン「文攻武衛《ウェンゴンウーウェイ》」を掲げました。ところが、その言葉とは裏腹に、機関銃、爆弾、戦車と使用される武器はエスカレート。党・政府機関は麻痺状態に陥ったのです。

その頃、私は二歳足らずでした。ひいおばあちゃんが仕立て直した黒いワンピースを着て、頭に赤いリボンをつけ、砂遊びをしていたとき、造反派に〝卵を産んでいる赤いとさかの黒いめんどり〟とまちがえられ、銃で狙われたこともあります。

銃弾がヒューッと体をかすめましたが、私は何も気づかず立ち上がり、ポンポンと砂をはらいました。ところが、母はまっ青になり気絶する寸前だったのです。実際、近所の中学生のお姉さんが、学校が「革命騒ぎ」で授業停止となっていたため、木の下で小説を読んでいたところ、流れ弾に当たり、顔の半分が飛ばされるという悲惨な事件もありました。

でも、私は詳しいことなど何も知らず、その後、小学校に入り、毛沢東に忠誠を誓う子ども、当時の言葉で言うところの「紅小兵《ホンシャオピン》」になります。紅衛兵のまねごとで命より大事な紅い本という意味の『紅宝書《ホンバオシュウ》』、すなわち『毛沢東語録』を読んだり、それと赤い房のついた槍を手にし、毛沢東バッジをつけ、紅衛兵のあとから「反革命」の家捜しについていったりしていたのです。

街では朝から「東方紅《ドンファンホン》」や「毛沢東思想は沈まぬ太陽」といった毛沢東賛歌や、「インターナショナル」などの革命歌が、銅鑼《どら》や太鼓の響きとともに流れていました。

楊逸　たしかに、本当にすさまじい時代でしたね。

劉燕子　ええ。実際一九六七年、北京工業規画設計院の技術部門の総責任者だった私の祖父、劉澤霖《リュウズゥリン》も、長沙市から南に一五〇キロほどのところにある故郷、湖南省耒陽《らいよう》からやってきた造反派に連行されてしまったのです。「逃亡地主」「階級区分から漏れた敵」というのがその理由でした。かつての地主は〝階級の敵〟で粛清の対象となりましたが、祖父はそうした過去をごまかし、罪を逃れているとされたのです。

生後1カ月、祖父のひざに抱かれて。(劉燕子)

故郷へと連れ戻される列車で祖父は臨時批判闘争会にかけられ、長沙に着いたときはアザだらけになっていました。さらに耒陽では頭に高い三角帽子、首に罪状の書かれた看板の姿で批判闘争会にかけられ、街中を引きずり回されたのです。

そして一九六九年九月、文革で多用された批判すべき「階級の敵」という意味のレッテル「牛鬼蛇神《ニュウグイスウシェン》」のひとりとして、糾弾される側の人たちの列に並んでいたとき、祖父は突然、背後から蹴飛ばされ倒れると、ふたりの民兵に引きずられ、稲刈りが終わったばかりの田んぼでひざまずかされます。ふだんからくじけない性格だった祖父は、必死に頭を上げようとしましたが、暴行はひどくなるばかりでした。

すると、村人が「この人は毛大爹《マオダーデャ》（方言で、毛じいさんを意味し毛沢東を指す）と関係があるから、これ以上やるとバチが当たる」と言って止めに入ったのです。

実は、祖父と毛沢東は同郷人でした。毛沢東は一九一九年のはじめ、フランスに行こうとしている学生たちとともに上海に行こうとしましたが、天津《てんしん》までの切符しか持っておらず、天津にいた祖父と日本の県人会の施設のような「湖湘《こしょう》会館」というところで出会い、旅費を借りたのです。

その後、毛沢東は祖父に返金する機会は訪れませんでしたが、この一件を中国共産党の根拠地である延安《えんあん》でエドガー・スノーに語っています。スノーはアメリカ人ジャーナリストで、一九二八年から四一年まで中国に滞在し、中国共産党に非常に近かった人物です。彼の作品で最も有名な一九三七年刊行の『中国の赤い星』（松岡洋子訳、ちくま学芸文庫、一九九五年、原題はRed Star over China）にも、そのエピソードが書き記されています。

祖父への暴行は、毛沢東との関係が知れ渡ったおかげでどうにかやみましたが、祖父はその後も牛小屋に拘禁され、結局そこで息を引き取りました。命日はよくわからず、見つけられた遺体は腐敗が始まっていて、簡単に土を丸く盛り上げただけの土まんじゅうの墓に埋葬されただけだったのです。

私の父で長男の劉英伯《リュウインボォ》は当時、そこから三〇〇キロ以上離れた江西省の鉱山にいたので、このことはまったく知りませんでした。父も毎日、批判闘争会にかけられていたのです。

父は、一九五八年九月、前年から毛沢東が始めた反右派闘争における、右派＝資本主義者、自由主義者の特定の追加・拡大を目的とする「補課」が、在学していた北京大学化学系で行われたとき、「厳重右傾思想分子」（準右派分子）とされ、大学から除籍されたうえ、党からも除名され、鉱山送りにされました。

さらにつづく文革で、父は法の網の目を逃れた右派という意味の「漏網右派」として引き回され、祖父が毛沢東に貸した旅費の件では、祖父のときとは逆に「偉大な毛主席を侮辱する現行反革命分子」と糾弾されてしまいます。頭髪は、毛髪の半分を剃る侮辱的な髪形である「陰陽頭《インヤンタオ》」にされ、毎日批判闘争会でつるし上げられました。父は「国民の身体の自由を好き勝手に侵害し、国家の法律を踏みにじっている」と訴えましたが、かえってリンチはひどくなる一方だったのです。

ようやく文革後期になると、激しい暴行はなくなり、それから父は江西省や湖南省の鉱山などを転々とさせられ、労働改造を強いられ続けました。私は一九七〇年から父とともに鉱山をめぐる生活を送りました。父は「毛沢東の個人独裁下の文革時代に戻ることなど、まっぴらごめんだ」と言っています。

その後も家族が文革でひどい目にあうなか、私も楊逸さんと同じく、いつしか「中国から出ていきたい！」と思うようになりました。そして一九八三年、江西省にある師範専門学校に進学。当時当たり前だった政治的なプロパガンダばかりの詩とはまったく違う、「個の肉声」をうたった「朦朧詩《もうろうし》」というものに目覚めました。ところが、一九八九年の天安門事件による重苦しい気分に再び襲われ、中国から出ていきたいという想いは、ますます強まります。

そこである日、近所のおばあさんに、「日本に行きたい」と相談したところ、人民解放軍に説得されて戦後しばらく残留していた日本人医師と、野戦病院で一緒に働いていたことがあるというではありませんか。ダメもとで紹介してもらい、「なんとかお力添えをお願いします」と手紙を出したところ、なんと快諾してもらったのです。ラッキーというほかありません。そして、一九九一年、日本にやってきたんです。

以後は、翻訳家・中国文学者として母国中国の厳しい現実と向き合うことになりますが、そのあたりについては、これから楊逸さんとじっくり話していきましょう。

テレサ・テン、劉暁波、そして天安門事件

楊逸　劉燕子さんの「文革体験」は、私よりもずっとすごいですね。波瀾万丈というか冷酷無残というか……。

劉さんは、中国民主化運動の旗手で二〇一〇年にノーベル平和賞を受賞し、その七年後に獄死した作家の劉暁波《りゅうぎょうは》をはじめ、中国政府に圧殺されてきた文学者を翻訳紹介する地道な活動を一〇年以上も前からつづけていて、私も触発されています。

劉燕子　ありがとうございます。楊逸さんが『時が滲む朝』で芥川賞をもらったときは、さっそく読んで、感動しました。研究論文ならともかく、複雑な感情がおりなす小説を、二〇歳を過ぎてから習得した第二外国語で書かれたんですから。

ご存じの方もいるかと思いますが、『時が滲む朝』は、一九八九年六月四日、北京の天安門でデモ中の学生に対し人民解放軍が武力弾圧を行った天安門事件が背景にあります。

登場人物のひとりである甘凌州《カンリンチョウ》は、三〇代の若手大学教授。民主化運動のリーダーで、事件後フランスに亡命しますが、フランス語が話せなくて「乞食文化人」を自称し、その後、中国に帰国して田舎の小学校教師になります。

私にとって、彼と姿が重なるのが劉暁波なのです。劉暁波も三〇代のとき、北京師範大学の若き教師として学生に人気がありました。二〇二〇年にＮＨＫで放送された特集番組で、生前の彼はこう語っています。

「中国は、教育を通して人を奴隷に変える技巧と段取りのすべての面で最も爛熟し、最高の域に達している」

彼はアメリカのコロンビア大学の客員研究員でしたが、一九八九年四月、帰国を早め、天安門民主化運動に身を投じ、現場にいる学生や市民と「共闘」することを選択しました。

しかも事件後、亡命のチャンスがあったにもかかわらず、それを振り捨て、甘のような「乞食文化人」にはならなかったのです。

『時が滲む朝』の主人公である梁浩遠《リャンハウユエン》は、地方出身ながら名門大学にどうにか進学し、甘先生に率いられ、友人の謝志強《シェーツェーチャン》らと民主化運動に参加するも天安門事件で挫折。やがて日本にやってきて、商売を始めます。その梁が、最後にこう言いました。

「ふるさとはね、自分の生まれたところ、そして死ぬところです。お父さんやお母さんや兄弟たちのいる、温かい家ですよ」

ここに私は胸をつかれました。

楊逸さんと私は、中国に生まれ育ち、今は日本にいて、バイリンガルで表現活動をしています。その私たちにとって「ふるさと」とは何なのか、と

作家として、独裁政権とは相容れないのは当然ですが、書けば書くほど親がいるところから遠ざかるというのも、また現実です。帰国は危険だということを、自分自身がどう引き受けるべきなのか。改めて考えさせられました。

ちなみに、小説に登場するテレサ・テンの歌。あれも、私はまさに青春時代に聴きました。中国共産党が「退廃的」と発禁処分にしましたが、革命の歌しか知らない私たちにとって、彼女の〝ラブソング〟は驚きであるとともに、とても心にしみました。

そんな彼女が活動の拠点とした香港は、一九八九年の天安門民主化運動の支援で大きな力を発揮しました。事件のおよそ一週間前の五月二七日、香港を代表する芸能人が集まり中国の民主主義にささげる「民主歌声献中華」というチャリティコンサートを開催。そこで、テレサ・テンは「民主万歳」と書かれたはちまきを締めて熱唱したのです。

当然のことながら、天安門事件の武力鎮圧後、彼女は両親が生まれた中国でコンサートが一切できなくなりました。

中国でのステージは、彼女にとって果たせない夢のまま、この世を去ったのです。もっとも彼女が生きていて、今の香港の状況を見たら、きっと悲しむでしょうが……。

楊逸　そうですね。やはり私も、初めて彼女の愛の歌を聴いたときは衝撃でした。まさに小説に出てくる学生同様、頭から彼女の声が離れず、体がムズムズするような感覚だったのを覚えています。

逆に言えば、当時、それほどまでに人間の感情を表現する音楽や文学といったものが、

1989年5月27日、香港のハッピーバレー競馬場で行われた、中国の民主化運動を支援するチャリティーコンサートで、「民主万歳」のはちまきを締めて熱唱したテレサ・テン。会場には30万人もの市民が集まったという。

まったく不毛だったのです。こうした時代に、私たちは育ってきました。そのことが、読者の方にもおわかりいただけたでしょうか。

これから、具体的に中国の何が問題で、それと日本がどうかかわっているのか。劉さんと、じっくりと見ていきたいと思います。通常の中国本ですと、たいていの場合、政治か経済の側面から、そうしたことを見ていくと思いますが、この本では日本と中国双方の文化や文学、エンターテインメントなどから、中国という国の本質、あるいは付き合い方を探っていきます。そうしたほうが、中国人の実態がよりわかるからです。

第一章

言葉を殺した「加害者」に従うという不幸

すべてが政治の道具と化す“洗脳ファースト社会”

本章のキーブック

『祝福』
魯迅

『阿Q正伝』
魯迅

『鋼鉄はいかに鍛えられたか』
ニコライ・オストロフスキー

私たちは、自由が圧殺されてきた「生きた証拠」

なぜ、貴婦人の唇は赤くなったのか？

楊逸　今から振り返ると、文学好きな女子だった私たちふたりの生い立ちが、いかに中国で文学表現が圧殺されてきたかの「生きた証拠」になっていると思えてなりません。

私の場合、父親が中国古典文学の先生だったので、『史記』や『漢書』のような古典はほとんど読んでいて、あとは、父親の蔵書の海外文学、例えばヘミングウェイの『老人と海』（高見浩訳、新潮社、二〇二〇年）やヴィクトル・ユーゴーの『レ・ミゼラブル』（第一～五部、西永良成訳、平凡社、二〇一九～二〇二〇年）とか、スタンダールの『赤と黒』（上下、小林正訳、新潮社、一九五七年）とかでしょうか。

文革のときは、そうした文学作品を持っているのが当局にバレたらまずいことになるので、家にあることは当然大っぴらには言いませんでしたが、下放されたときも隠れて持っていきました。日本に来るまでは、本を捨てるというのはある種の〝犯罪行為〟だと思っていましたから。

ほかにもイギリスのアガサ・クリスティーの推理小説や、シャーロック・ホームズのシリーズもありました。とくにホームズの本はページも黄ばんでいて、カバーもなかったので、誰の小説かわかりませんでしたが、日本で現物に出会って初めて、作者がコナン・ドイルという人物であることを知りました。

こうした作品は、戦前の中華民国時代に出版されたもので、私が手にしたときは、もうボロボロになっていました。その後、一九四九年の共産中国の建国から八〇年代に「改革開放」が始まるまでは、外国文学はソ連やチェコスロヴァキア、ハンガリーなど当時の社会主義国の作品のほかは、ほとんど出版されていなかったと思います。

先ほど挙げた作品以外も、中国で〝原始的〟な生活を送っていた一〇代の女子にとっては、見たことのない世界なので、意味不明なことばかりでした。たとえば、バルザックの貴婦人の描写を読みながら、内陸部なので海産物の知識がまったくないから、「オイスターってなんなの？」って疑問に思ったり。あるいは「貴婦人の赤い唇をちゅーっと吸い込んで」という描写があっても、口紅はおろか化粧品など見たことがなかったので、「唇がどうやって赤くなるのかなぁ？」という感じで、想像力をフル回転させながら読んでいたのです。

一方で前述したように、外国文学は、アメリカ文学であれイギリス文学であれフランス文学であれ、現代のものはシャットアウト。六〇年代、七〇年代に書かれたものは、まったく紹介されていなかったのです。それでも、今から考えると、一九世紀のものであれ海外文学を読めたのは、私の家庭環境が特殊だったのかもしれません。

劉燕子　私の父も若いときは文学青年でしたが、序章でも話したように、一九五八年にいきなり準右派分子とされ、党籍と学籍もはく奪されて鉱山技師として働くことになったので、娘の私も、小さいころは文学には無縁でした。

そもそも、父がそういう目にあっていたこともあって、文学は避けるようにと言われていたのです。女の子なんだから、本を読むんじゃなくて、音楽やバレエでも習わせて、毛沢東思想宣伝隊に入ったらいいとか。両親の考えはそんな感じだったようです。ところが私自身は、楊さんと同じように文学少女で、本を読むのが大好きでした。でも、家が貧しかったので実は高校までは、革命の英雄を描く小説くらいしか読んだことがありませんでした。

おまけに当時は、国営の新華書店《シンファ》しかなかったので、並んでいるのは中国共産党万歳のプロレタリア文学ばかり。それ以外は「悪しき資本主義の文学」として、まったく販売されていませんでした。

音楽も同じです。覚えた歌も、すべて毛沢東を賛美する歌。しかもそれらは、今でも血のなかに入っています。そのつもりがなくても、曲を聴くと毛沢東を褒める歌詞が口をついて出て、体も動いてしまう……。それほどまでに、洗脳とは恐ろしいものなんです。

その後、日本に留学して、プロレタリア文学以外にも太宰治などの私小説をはじめ、いろいろなジャンルに分かれる、多様で豊かな文学があることを初めて知りました。

海外文学では、ロシア文学くらいしか読んだことがありません。それも、もっぱら二〇世紀初頭のソ連の作家、ニコライ・オストロフスキーによる革命と祖国愛を描いた『鋼鉄はいかに鍛えられたか』（金子幸彦訳、岩波書店、一九五五年）のような、革命戦士礼賛の文学だけ。もっとも、最初は製鉄技術の入門書かと思っていましたが（笑）。ドストエフスキーの『罪と罰』（1〜3、亀山郁夫訳、光文社、二〇〇八〜二〇〇九年）を読んだのは、日本に来てからです。

日本を代表する作家は赤川次郎

楊逸　外国文学ということでいえば、たしか日本人作家では、小林多喜二が名前だけ中学生の歴史教科書に載っていましたね。

劉燕子　そうでしたっけ。『蟹工船』のごく一部だけでしたが、教科書に載っていた気がしますが。

楊逸　私は作品じゃなくて、名前だけ読んだ気が。「日本の共産党、左翼文学といえば、小林多喜二」みたいな記述で。

劉燕子　たしかに。いかに日本の資本主義は過酷で、軍国主義は残虐であるかの証明としてですね。

楊逸　日本の文学らしきものが中国で翻訳されるようになったのは、私たちが高校を出たあとの八〇年代になってからです。ただし、それも推理小説でした。だから当時、中国で最も有名な日本人作家は赤川次郎だったんです。

劉燕子　そうですね。日本の文学の話が出たので、中国でどのように日本の文学が扱われてきたのか、概観しておきましょう。ただし、お断わりしておくと、これは私が日本に留学してから知りえた知識です。中国にいた当時は楊さんと同じように、私も赤川次郎が日本の代表的作家だと思っていました（笑）。

一九四九年の中華人民共和国の建国から、一九六〇年代後半の文革までは、漱石の『吾輩は猫である』や島崎藤村の『破戒』が翻訳されていましたが、主役は先述の小林多喜二や宮本百合子、徳永直《すなお》などのプロレタリア文学でした。

その後一九六七年、三島由紀夫、川端康成、安部公房、石川淳らが連名で文革に反対する声明を発表すると、中国共産党が設立した文革の指導グループである「中央文革小組」は、三島を「軍国主義作家」と非難します。

そして一九七一～七三年、日本軍国主義復活を批判するキャンペーンを張ります。三島の『憂国』や『豊穣の海』四部作は、批判用の内部参考資料、いわゆる「灰皮書《ホエピィシュウ》」として翻訳されました。ところが、こうした翻訳書は、高級幹部の子弟などさまざまなルートを通じて、一般家庭の若者にまで届き、かえって知的刺激を与えたといわれているんですね。

そして、先ほど楊さんも触れていたように、文革が終わり鄧小平による「改革開放」政策が本格化した八〇年代以降、海外文学が解禁され、なかでも日本文学の翻訳ブームが訪れます。

私が在籍した師範専門学校の外国文学の授業では『古事記』『源氏物語』『竹取物語』や井上靖の『天平の甍《いらか》』、川端康成の『雪国』などが紹介されました。とりわけ井上靖は二十数回も中国を訪れ、日中文化交流協会会長を務めるなど、日中友好の象徴となります。

さらに注目すべきは、一九七〇年代末から八〇年代初頭にかけて、映画『君よ憤怒《ふんど》の河を渉《わた》れ』『人間の証明』『砂の器』などが中国で上映され、一世を風靡したことです。これによって原作者の西村寿行、森村誠一、松本清張らの推理小説ブームが巻き起こります。また、中国人を人体実験に使った七三一部隊を描いた森村誠一『悪魔の飽食』のヒットもあり、森村は中国で最も多くの作品が翻訳された作家となりました。

こうしたなかでも、中国人に一番衝撃を与えたのは『君よ憤怒の河を渉れ』で、劉暁波も「(ヒロインの中野良子演じる)真由美のロングヘアが中国でなびいた」と評論で取り上げています。また、映画研究者の劉文兵もこう論じました。

「文革期の暗い記憶がいまだに生々しく残る中国の人々にとって、現実においてはなおも解消されない鬱憤のはけ口となり、主人公が徹底的に悪を懲らしめる痛快さと、名誉回復のカタルシスにたいして、彼らは共感し、大いに喝采したのである」(『現代中国と日本文学の翻訳』孫軍悦、青弓社、二〇二一年)。これが、私たち世代にとって非常に特徴的な作品といえるのではないでしょうか。

楊逸 そうですね。映画『君よ憤怒の河を渉れ』によって、日本の推理小説が中国で一大ブームになったんです。私も雑誌で読みあさって、推理作家の名前を覚えました。ところが、日本に来てからわかったのですが、どうやらそれはマイナーなジャンルで、作家は有名ですが、そもそも文学というカテゴリーで語るというのはおかしいというような雰囲気に、驚かされました。

来日前に、樋口一葉の『たけくらべ』は雑誌で読みましたが、夏目漱石は一作も読んでいません。明治の文豪もろくに知らないくせに推理小説に詳しい、中国生まれの変てこりんな元文学少女と思われたに違いありませんね(笑)。

コンテストの結果が証明した中国文学三〇年の砂漠化

楊逸 このような「文学不毛の時代」を証明してくれる興味深い資料があります。

二〇〇〇年に香港の雑誌『亞洲週刊《ヤアジョウジョウカン》』で、一般読者の投票によって二〇世紀の「中国文学傑作一〇〇作品」を選ぶコンテストが行われました。

対象とされた中国文学を大別すると、大陸文学、台湾文学、香港文学に加えて、シンガポールを中心とする東南アジアを含む海外文学になりますが、興味深いのは、その内わけです。

一九四九年の新中国建国以前の作品は三五本。日本でも有名な魯迅もそこに含まれます。建国後の作品は、共産党政権下の大陸作品が二五本、国民党政権下の台湾の作品は二八本、香港は一二本です。

大陸は、二〇〇〇年の人口が約一三億人で二五本、かたや台湾の人口はその約六〇分の一に満たない二二〇〇万人。香港に至ってはおよそ二〇〇分の一の六六〇万人。それなのに、選ばれた作品は、それぞれ二八本と一二本でした。

つまり、この選ばれた作品数の人口比からも、大陸の文学がいかに「砂漠化」していたかがわかります。

さらに時系列で見てみると、新中国建国から文革が終わるまでの期間がたったの二作。文革後の八〇年代以降が二三作。これは何を意味するのか。言うまでもなく、中国共産党

『亞洲週刊』の20世紀中国文学ベスト100

順位	作者／タイトル
1	魯迅『吶喊』(旧)
2	沈従文「辺境の町」(旧)
3	老舍『駱駝祥子』(旧)
4	張愛玲『傳奇』(旧)
5	銭鍾書『結婚狂詩曲―囲城』(旧)
6	茅盾『子夜』(旧)
7	白先勇『台北人』(台)
8	巴金『家』(旧)
9	蕭紅『呼蘭河傳』(旧)
10	劉鶚『老残遊記』(旧)
11	巴金『寒い夜』(旧)
12	魯迅『彷徨』(旧)
13	李伯元『官場現形記』(旧)
14	路翎『財主的兒女們』(旧)
15	陳映真『將軍族』(台)
16	郁達夫『沉淪』(旧)
17	李劼人『死水微瀾』(旧)
18	莫言『赤い高粱』(新)
19	趙樹理「小二黒の結婚」(旧)
20	鍾阿城『棋王』(新)
21	王文興『家變』(新)
22	韓少功『馬橋詞典』(新)
23	呉濁流『アジアの孤児』(台)
24	張愛玲『半生緣』(旧)
25	老舍『四世同堂』(旧)
26	高陽『胡雪巖』(新)
27	張恨水『啼笑因緣』(旧)
28	黃春明『坊やの人形』(台)
29	金庸『射鵰英雄伝』(香)
30	丁玲『莎菲女士の日記』(旧)
31	金庸『鹿鼎記』(香)
32	曾樸『孽海花』(旧)
33	賴和『惹事』(台)
34	王禎和『嫁妝一牛車』(台)
35	柏楊『異域』(台)
36	唐浩明『曾國藩』(新)
37	鍾理和『故鄉』(台)
38	陳忠実『白鹿原』(新)
39	王安憶『長恨歌』(新)
40	李永平『吉陵鎮ものがたり』(台)
41	王力雄『黄禍』(新)
42	司馬中原『狂風沙』(台)
43	浩然『艷陽天』(新)
44	穆時英『公墓』(旧)
45	李鋭『旧跡』(新)
46	徐速『星星·月亮·太陽』(香)
47	鍾肇政『台灣人三部曲』(台)
48	楊絳『風呂』(新)
49	姜貴『旋風』(台)
50	孫犁『荷花澱』(旧)
51	西西『我城』(香)
52	汪曾祺『受戒』(新)
53	朱西甯『鐵漿』(台)
54	朱天文『世紀末の華やぎ』(台)
55	還珠樓主『蜀山劍俠傳』(旧)
56	於梨華『又見棕櫚, 又見棕櫚』(台)
57	賈平凹『浮躁』(新)
58	王蒙『組織部新來的年輕人』
59	徐枕亞『玉梨魂』(旧)
60	施叔青『香港三部曲』(台)
61	林語堂『北京好日』(旧)
62	葉聖陶『倪煥之』(旧)
63	許地山『春桃』(旧)
64	聶華苓『桑青與桃紅』(台)
65	王藍『藍與黑』(台)
66	柔石『二月』(旧)
67	徐訏『風蕭蕭』(旧)
68	古華『芙蓉鎮』(新)
69	臺靜農『地之子』(旧)
70	林海音『城南旧事』(台)
71	張煒『古船』(新)
72	劉以鬯『酒徒』(香)
73	鹿橋『未央歌』(台)
74	張潔『沉重的翅膀』(新)
75	師陀『果園城記』(旧)
76	戴厚英『ああ、人間よ』(新)
77	王小波『黄金時代』(新)
78	劉恆『狗日的糧食』(新)
79	張系國『棋王』(台)
80	黄凡「頼索氏の困惑」(台)
81	蘇童「離婚指南」(新)
82	李碧華『さらば、わが愛―覇王別姫』(香)
83	李昂『夫殺し』(台)
84	古龍『楚留香』(香)
85	瓊瑤『窓の外』(台)
86	蘇偉貞『沈黙の島』(台)
87	梁羽生『白髮魔女傳』(香)
88	朱天心『古都』(台)
89	陳若曦『尹縣長』(台)
90	張大春『四喜憂國』(台)
91	亦舒『喜寶』(香)
92	張賢亮『男の半分は女』(新)
93	施蟄存『将軍の首』(旧)
94	倪匡『藍血人』(香)
95	呉趼人『二十年目睹之怪現狀』(旧)
96	余華『活きる』
97	馬原『岡底斯的誘惑』(新)
98	林斤瀾『十年十意』(新)
99	無名氏『北極風情畫』(旧)
100	二月河『雍正皇帝』(新)

旧＝1949年以前の中国大陸作品
新＝1949年以降の中国大陸作品
台＝台湾作品
香＝香港作品
網掛けは邦訳あり

が文学を殺し、文学が生まれる土壌を「砂漠化」してきたことの証左にほかなりません。

劉燕子　そうですね。ここで選ばれた台湾の作家も香港の作家も、多くはおそらく共産党政権ができたので大陸から逃げてきた人たちではないでしょうか。だとすると、やはり共産党政権下で、ますます中国の文学は衰退していったことになります。

楊逸　建国後から文革終了までの三〇年弱のあいだで選ばれた、たった二作とは何なのか。ひとつは、文革が始まった一九六六年に浩然《こうぜん》が発表した、共産党はこんなに素晴らしいと褒めたたえる体制賛美文学の『艶陽天』（Ⅰ～Ⅷ、伊藤克訳、青年出版社、一九七三～一九七四年）です。もう一冊は、王蒙《ワンメン》が一九五六年に発表した『組織部に新しく来た若者』（未邦訳）で、これによって彼は、新疆《しんきょう》に下放されてしまいます。党の官僚主義を批判したことなどにより、右派と認定されたからです。ただし彼は文革終了後、北京に戻ることができ、中国文化部部長（文化相）などの要職を歴任しました。

いずれにせよ、どちらもプロレタリア文学で、これぞ新中国建国後の文学の「砂漠化」の象徴ともいうべき、いや、この二冊も、あまりにも文学の空白が長いのは問題だからと、無理やり選んだとさえ思えるくらいです。

ただし誤解なきように付言しておくと、私が「砂漠化」の原因として指摘したいのは、プロレタリア文学それ自体ではありません。プロレタリア文学しか認めないという体制にこそ、その原因があるのです。かつて中国におけるプロレタリア文学は優れた批判性を持っていたのですが、新中国になるとそれが失われて、単なる「体制賛美文学」になってしまいました。ここが問題なのです。

〝敵〟に勝つための武器としての文学

楊逸　一九二〇年代、三〇年代初頭に、共産主義が東アジアに伝わってきます。それと同時に、プロレタリア文学が日本にも中国にも生まれ、一時期、すごく流行りました。一方、取り締まりも厳しく、弾圧もひどかった。その代表例が、先述の小林多喜二の『蟹工船』です。

この小林多喜二と同じ時期の作家に太宰治がいます。太宰治もプロレタリア文学の作家になりうる立場にあったけれども、彼はその道をあえて選びませんでした。さらに同時代の日本文学には、太宰のほかにも、ヒューマニズムの白樺《しらかば》派や耽美《たんび》派など多岐に分かれていきます。植物にたとえれば、花には桜、バラなどさまざまな種があるように、文学も多様性があるのが本来の姿なのです。

その点、当時の中国でもプロレタリア文学以外に、私小説派など多くの作家が活躍していました。その代表格が一九三〇年代から四〇年代に上海で人気を博した張愛玲《ちょうあいれい》という女性の小説家です。池澤夏樹が個人編集した『世界文学全集』（河出書房新社、二〇〇八〜二〇一一年）にも「色・戒」という短編作品が入っていますし、先ほどの『亞洲週刊』の二〇世紀中国文学一〇〇作品にも、『傳奇』（未邦訳）という短編集が選ばれています。

劉燕子　そうですね。張愛玲は、新中国建国後の一九五二年、事実上、香港に脱出します。その後、アメリカに亡命して四〇年。亡命文学者の最初のひとりといえるでしょう。

彼女は、中華人民共和国成立から一九八〇年までの中国文学史においては、まったく無視されてきました。ところが、改革開放後の八〇年代以降、張愛玲ブームが巻き起こります。評論家などさまざまな人から再評価され、大陸でも、台湾でも、彼女の文学史的位置づけが確固たるものとなったのです。

楊逸　しかし、私小説派は中華民国時代が終わるとともに、大陸では一斉に封殺されてしまいます。張愛玲のように香港に逃亡して、のちにアメリカに渡ったのはごく一部。多くは台湾、あるいは香港に流れます。彼ら、彼女らの作品が「資産階級文学」とレッテルを貼られると、大陸ではプロレタリア文学しかなくなってしまうのです。

一方で日本の文学をたどっていくと、一九二〇年代、三〇年代、プロレタリア文学が弾圧されるなかで、私小説や耽美主義も政治性をどんどんなくしてしまい、純文学にまとめられていきます。もちろん、戦争中の軍部による弾圧という要因もありましたが、やがて作家たるもの文芸性がなくては恥ずかしいと、政治性、社会性が薄められていきました。

のちに、川端康成をはじめ——まぁ、大江健三郎はちょっと別なんですが——日本の作家は、その純粋な文芸性が評価されるようになったわけです。フランスなど海外では、よしもとばななや小川洋子らが歓迎されているようですが、純粋な部分、ある種の文芸至上主義が評価されているのでしょう。

こうして日中を比較してみると、非常に興味深いものがあります。

私が思うに、文学とは何なのか、小説とは何なのか。国、人間、あるいは文化的な背景によって、定義が違う。私たち——私も劉さんもそうだと思うんですが、あの時代に中国で教育を受けた人間にとって、文学とは社会性がなければならないもの。文学とは「わたくしごと」を語るのではなく、国、民族、社会、あるいは、いかにして〝敵〟に勝てるかというような要素がないといけなかった。

つまり戦いのための、ひとつの〝武器〟という定義がなされていたわけです。劉さんがどう思うかはわかりませんが、少なくとも私は自分で小説を書くようになるまでは、そう信じてきました。

劉燕子　そうですね。たとえば現代詩も新中国成立後、イデオロギー的な統制のもとで、政治の道具、端的に言えばプロパガンダと化してしまいました。かつて日本で最もよく知られた作家だった郭沫若《かくまつじゃく》も、政治に追従してたくさんのプロパガンダ詩を書いていますし。

楊逸　そのうえで興味深いのは、先ほどの一〇〇選中、共産党政権下の大陸作品の二五本のうち二三本が「文革後」ということ。それについて一〇年くらい前、シルクロードを旅行したときにガイドから聞かされたエピソードが思いだされます。

シルクロードを往来するキャラバン隊にとって重要な交通手段であるラクダは、何も食べなくても一カ月くらいはもつそうです。そしてキャラバンが休憩中に、砂漠に生えている「ラクダ草」と呼ばれる特殊な草をかじって栄養補給をします。それはトゲだらけなので、ラクダの口からはダラダラと血が流れてくるというのです。

その話を聞いて、私は「それって、現代中国文学の真実を言い当てている！」と思いました。というのは、文革後の作品の多くは、文革中に下放されたツラい体験が描かれていることから、「傷痕《しょうこん》文学」と言われているのです。

それはまさに、砂漠でラクダがトゲのある草を食べて、口から血を流しているイメージとぴたりと重なるじゃないですか。ということは、中国共産党一〇〇年の〝不都合な真実〟は、文学を通してみると、よくわかるということになります。

「傷痕文学」は、八〇年代になってから徐々に登場します。私も興味を覚えて、当時、数も限られていた文学雑誌の発売日になると、必ず買いに行きました。一九八七年に日本に来る前に、ほとんど全部読んでいたのです。

劉燕子　八〇年代に入ると、鄧小平の「改革開放路線」を受けた思想解放があり、今、楊さんが紹介された「傷痕文学」作品がさかんに出版されるようになりました。そのなかから、序章で少し触れた「朦朧詩」という個人の内面を描く文化運動が起きます。

一九八三年に、父のいる江西省の師範専門学校に入った私は、そうした朦朧詩に共感して詩を作るようになりました。地元の新聞に投稿して入選もしたので、どんどんのめり込むようになります。それが遅れてやってきた文学少女の原点かもしれません。

一九八九年に消え去ったつかの間の〝オアシス〟

劉燕子　「傷痕文学」は、砂漠と化した中国文学からようやく生まれた〝オアシス〟でしたが、残念ながら、わずか数年で命が尽きてしまいました。一九八九年に天安門事件から民主化運動への弾圧が始まり、それが文学にも及んだからです。

たしかそのとき楊逸さんは、いてもたってもいられず、留学先の日本から天安門広場に駆けつけたんですよね。

当時、どんな印象でしたか?

楊逸　私が北京に向かったのは、事件直前の五月末のこと。それから両親がいるハルビンにいったん帰郷したのち、再び北京を訪れました。それが事件の翌日、六月五日だったんです。
実は事件当日、旅行で山東省の済南というところに行っており、数日間滞在するつもりでしたが、駅で、「動乱が起きて、北京行きのすべての列車が止まる」という噂を耳にしたので、あわてて列車に飛び乗りました。そして、なんとか北京駅に着いたのが事件翌日

1989年5月末、北京の天安門広場の様子。民主化運動が最高潮に達した様子を収めるべく、懸命にシャッターを切った。遠くに見えるのが1949年10月1日、楼上で毛沢東が建国宣言を行った天安門。(楊逸)

の朝だったのです。事件の前後で北京の印象がガラリと変わっていたことに、非常に大きなショックを感じたのを覚えています。

急に北京に来て泊まるところもないので、とにかく市内の東側にある北京駅からバスに乗りました。そこまではいいのですが、ところが、バスは一向に停まりません。当然、戒厳令がしかれた天安門一帯を通りすぎ、その西側に位置する西城区に入り、ようやくバスが停車しました。

そのあたりで散々泊まる場所を探した挙句、企業の宿泊所のような地下施設に受け入れてもらいましたが、だだっ広いところだったにもかかわらず、宿泊客は私たちのほかにもう一組いるだけ。

もちろん、お店はどこもやっていませんし、行くところもないので、やることといえば、せいぜい周りをウロウロするくらい。天安門広場周辺も当然立ち入り禁止でしたが、バスで通りかかった際、つるされたままの焦げた死体を見たのをいまでも覚えています。

宿泊所には、毎日のように私たちのことを警察がチェックしに来ていました。私は六月一七日に日本に戻る予定でしたが、外国で生活するために必要なビザが無効になるという噂を耳にし、気が気じゃありません。

実際、私は事件の翌日に北京に来たため民主化運動の関係者という疑いはかからず、無事に日本に帰ることができましたが、東京に戻った直後に、「中国国籍の者が持つ外国発行のビザが無効になるという通達を、当局が出したらしい」という話を聞きました。帰国日があと何日か遅かったら、もしかすると日本には戻ってこれなかったかもしれません。

劉燕子　私は、一九八七年に師範専門学校を卒業してから、湖南省にある教育委員会に勤めて青少年教育を担当していました。

天安門事件が起きたときは、肺結核にかかって療養中で、運動には直接参加できませんでしたが、実際、民主化運動のうねりは北京だけではなく全国へ波及していたのです。私のいた湖南省でも学生たちが支援に立ち上がります。北京からも情報が伝わってきており、何かが変わると胸を躍らせていました。

だが結局、その期待が裏切られたのはご存じのとおりです。若者たちは、深い挫折感を味わいました。私も同じで、天安門事件以降は非常に重たい雰囲気に打ちひしがれ、そこから中国から脱出したいという思いがつのっていきます。

そんななか、湖南省の大学に日本人の先生が赴任し、その人から日本語を教わったのがきっかけで、日本に留学したいと思うようになりました。そして序章で述べたように、たまた近所のおばあさんから、彼女が終戦直後に野戦病院で一緒だった日本人医師を紹介してもらい、手紙でお願いしたところ、留学を手助けしていただくことになり、「中国脱出」の夢がかなったのです。

楊逸　ご両親や親戚は日本留学に賛成してくれましたか。「文学は危ないからやるな」と止められたりしなかったんですか。

劉燕子　その当時、八〇年代後半で、社会も自由な雰囲気になっていたので、父は、私が創作や文学研究をすることに強く反対はしませんでしたが、賛同もしていませんでした。私は一九九一年に日本に留学しましたが、おそらく父は、娘が日本で無事な生活を送ってくれれば何よりだ、という気持ちだったと思います。

ところが、劉暁波と知り合い、以来、日本で彼の作品の翻訳や評論を書いたり、あるいは中国共産党とは政治的に異なる意見をもつ文学の研究をしたりしたため、中国当局からにらまれることになってしまいました。

両親は私に、「なるべく日本語で書き、できるだけ故郷には帰らないように」と言っています。

共産党が作り上げた文豪魯迅という「最も紅い太陽」

自称「愛国者」という愚かな下層民たち

楊逸　実は、中国共産党政権は「文学の砂漠化」を進める一方、「文学の活用」も巧みに行ってきています。実に巧妙なやり口ですが、そのなかでも、最も重要な役割を担わされた作家がいます。それは魯迅です。そういうと、彼が大好きな日本人を失望させてしまうかもしれませんが……。

私が日本に来て一番感心したのは、日本で最も研究されている中国人作家が魯迅だったことです。今も一番研究されているのは魯迅。一番翻訳されているのも魯迅。それは、東北大学に留学するなど、日本とはいろいろ縁があるので、自然なことでもありますが。

劉さんは、魯迅を初めて読んだのはどの作品で、いつのことでしょうか。

劉燕子　高校生のときで、短編の『小さな出来事』（『阿Q正伝・狂人日記 他十二篇（吶喊）』竹内好訳、岩波書店、一九八一年）や『祝福』です。楊さんは、魯迅のどこをどう評価されているのですか？

楊逸　魯迅の小説を読んでいると、毒舌の鋭さが光る一方で、中国人についての認識がものすごく深く、本質的な部分を見ていることがわかるんですね。

彼の小説に登場するキャラクターは——たとえば日本で一番知られているのは、『阿Q正伝』（藤井省三訳、光文社、二〇〇九年）の主人公である「阿Q」ですが——典型的な中国の愚かな下層民です。奴隷にされていることに気づかずに、自分のことを誇らしく思い、他人に威張っているキャラクター……。単刀直入に言ってしまえば、中国共産党政権下で「愛国者」だと自称している人たちの多くは、阿Qに見えてしまいます。

中国人の多くは、そんな共産党の指導を仰がなければならない。自分を不幸にした加害者に従っていかなければならない。なんて悲しいことでしょうか。

「まえがき」で私も少し紹介したように、劉さんが先ほど挙げた『祝福』という小説の主人公で、女中から物乞いへの境遇へと転落した女性、祥林嫂は、仁義孝悌《じんぎこうてい》といった古い封建社会の礼儀、道徳を意味する「封建礼教《フォンジエンリイジャオ》」に翻弄されて生きた悲運の人物です。相手かまわず人に会えば自分の不幸話を話そうとするので、やがて「不吉な存在」として社会から孤立するようになり、最後は物乞いにとなって死んでしまいます。

このように、魯迅が作ったキャラクターを見れば、いかに彼が中国人の本性を見抜いていたかということがよくわかります。彼のどの作品をとっても、文学の個性と民族の普遍性が併存している。このふたつの素晴らしさですね、魯迅の魅力は。

こうした中国人の性質は、決して一九二〇～三〇年代だけの話ではなくて、中国五〇〇〇年の歴史のなかで、長い時間をかけてDNAに組み込まれていったものなのです。魯迅ほど、こうした中国人の民族性というものを鋭く読み取った作家は、ほかにいませんね。

中国人の醜いところ、あるいは私自身の醜いところはどこなのかと振り返る際、魯迅の小説に学ぶといいと思っています。私たち中国人は、小学校から中学、高校と勉強してきて、それでいながら社会に出たあとは、魯迅の作品のキャラクターと重なるような生活をしていく。その哀しさ、ですね。

劉燕子　たしかに、国民党を鋭く批判した魯迅のことを、戦前は毛沢東が聖人化し、戦後は共産党が一党独裁体制を正当化するため祭り上げました。でも、魯迅の文学の本質と、そうした政治利用というのは、まったく相容れません。

中国人はなぜ、人のせいにするのが得意なのか？

楊逸　中国は、ここ一〇〇年、世界のなかで異質な存在だったと思います。ところが、中国人はそれを自覚できていません。中国共産党の統治下では、文学も音楽も絵画も映画も、すべてが政治利用され、プロパガンダの〝武器〟にされてきたのです。

アメリカをはじめとする欧米の資本主義の国々は、四六時中、こちらを狙っているのだから、注意力を緩めて遊び呆けていてはいけない。常に警戒をおこたらず、戦いを挑むような姿勢を持っていなければならない、という感じです。

しかも、戦う相手は外国勢力だけではありません。国内勢力、たとえば劉さんのお父さんや、うちの親のような人も全部〝敵〟なんです。それらとも戦わないといけない。したがって中国人民は、四六時中「戦う」という意識を無理やり押しつけられているわけです。

劉燕子　政権の求心力を高めるためには、外にも内にも敵を作ることが一番手っ取り早いですからね。

楊逸　中国の学校では、本の感想文や批判文を書かされます。そこで鍛えられたのは、いかに資本主義を批判するか、孔子を批判するかという手法です。

孔子の一文を読んで批判する。一方で『毛沢東語録』を勉強して、毛沢東はこういうことを言って、いかに素晴らしいかもちゃんと書けなければいけない。

そういう教育を受けてきたので、われわれ世代の中国人は、人を咎《とが》めるということに、ものすごく長《た》けている。あるいは人のせいにするのが、とてもうまいんです。

私は中国人でありながら、常に、中国人を自分の鏡にしています。たとえば劉さんを見て、何かイヤなところがあれば、「あ、私にもきっとあるんだ」と思って自省するわけです。

劉燕子　たしかにそうですね。小学生の頃、表向きは毛沢東の後継者と目されていた林彪や孔子への批判という形で、実は周恩来の批判が目的だったとされる「批林批孔」というキャンペーンがありました。それに、小学生まで動員されたのです。こうしたことの繰り返しで、中国人には子どもの頃から他人への「批判」が生活習慣として染み込んでしまったのでしょう。

楊逸　私が痛感するのは、中国における文学の重要性は「洗脳」にあるということ。文学を洗脳にいかに使うか、これが毛沢東以来、中国共産党がいちばん得意とする分野です。

そのために活用された最たるものが魯迅の文学でした。

魯迅は、それまでは普通の作家でした。たしかに人気があって、とくに若者、とりわけ革命派のプロレタリア的な青年たちに人気がありましたが……。けれども、私のなかの位置づけでは、彼自身は決してプロレタリア文学者ではありません。

ところが、魯迅が一九三六年に亡くなるとすぐに、当時、陝西省《せんせい》延安を根拠地としていた共産党のリーダーだった毛沢東は、どんどん魯迅を利用し、その評価を上げていきます。まず「偉大なる文学者、偉大なる思想家、偉大なる革命家」の「三偉大」、ついで「最正確、最勇敢、最堅決（断固としている）、最忠実、最熱忱《しん》（真心がある）」の「五最」、そして魯迅の死後三〇余年後には「中国文化革命の主将」というように、レッテルを上貼りしていったのです。

作家というのは、自分が作家になったからとくにそう思うんですけど、名を知られるようになると、いろいろ持ち上げられていい気になる。でも、そうなってはいけないのです。作家というのは単なる一職業にすぎず、決して神聖な職業ではありません。

その点、魯迅は批判性の強い、毒舌で知られる作家ですから、偉ぶることなどありませんでした。むしろ、気軽にいろんな作家を批判していたのです。彼がそうできたのは、彼自身が、自分は人より偉いわけでもなんでもないと考えていたからで、まるで同僚を評価するような感じで批評活動を行っていました。だから、反撃されても全然平気なわけです。たとえば、村上春樹は日本だけではなく中国の若者にも人気ですが、今、彼は何も言えません。他人を批判したりすることはできない。私は別に村上春樹を批判しているわけではありませんが、持ち上げられて宙に浮いていると、何もできなくなる。そういう意味で、魯迅の気軽に何でも批判してしまうという姿勢に、私はすごく好感を抱いているのです。

私たちが文学を読めなかった時代ですら、小学校の国語の教科書には毎年必ず魯迅の小説なり、エッセイなり、詩なりが入っていました。それを読むことは、ホームドラマを観るようなもの。日々、うつうつとし、うっぷんが溜まるような生活のなかで、魯迅を読むということほど気持ちいいことはなかったのです。

魯迅好きが高じて、「中国歴史人物月旦」なるエッセイを『文學界』に連載したとき、そのなかで魯迅を取り上げ、二〇一二年に著書『孔子さまへの進言 中国歴史人物月旦』（文藝春秋）にも収録しました。

共産党でも国民党でもない究極の自由主義者

劉燕子　私も魯迅ファンなので、楊さんのエッセイは興味深く読ませてもらいました。私が、なるほどと感心させられたのは、なぜ魯迅が毛沢東によって持ち上げられたのかについての鋭い指摘です。楊さんはこう書いています。

一九五七年七月七日、上海中ソ友好大厦で文化教育及び商工各界の代表と接見した毛沢東は、「もし魯迅が今も生きているのならどうなっているでしょう?」という質問に対し、「牢屋の中で書き続けているか、黙って何もしゃべらなくなっているかだ」と答えた。居合わせた代表一同は唖然として言葉を失ったという。

亡くなった魯迅に対して、「偉大なる文学者、偉大なる思想家、偉大なる革命家」の「三偉大」に、「最正確、最勇敢、最堅決、最忠実、最熱忱」の「五最」も加えて、「中国文化革命の主将」という最高の政治的称号を与えた同一人物の口から出た言葉が、こんなにもかけ離れたものになるとは。この違いから覗く建て前と本音に、魯迅に対する評価だけでなく、毛沢東がその後に行った政治の真実も隠されているように見えた。

「三偉大」「五最」「中国文化革命の主将」――その利用価値を見込んで、死んだあとはいえ、惜しむことなく最高の称号を持たせたけれど、その反面、魯迅が生きていたとしたら、その性格ないし人格を考えれば利用できるどころか、最も厄介な存在にもなりうることを、毛沢東はさすがによく知っていたのだ。

私は思わず膝を打ちました。

楊逸　ありがとうございます。

あの毒舌の調子で、いつまでも文章を書き続けられるわけないですよね。ややもすると、挑発しているかのように読めてしまいますから。そういう作風の文学や作家は、中国共産党政権になってからは、もう存在してはいけないわけです。

では、なぜ彼が持ち上げられたのかというと、一九三六年に亡くなってしまったからというこことともに、とりわけ国民党に対して戦闘的に批判していたからです。

国民党は、当局に批判的な思想を持つ、いわゆる「進歩学生」を弾圧するなど、圧政をしいていました。魯迅はそうした蔣介石独裁体制を激しく批判したわけですが、共産党政権の圧政は経験していません。だから共産党は彼を使いやすい。魯迅の周りにはプロレタリア作家たちや若者たちがたくさん集まっていて、そのなかには、共産党員の作家も多くいました。

共産党には、おそらく共産党シンパの作家を魯迅のもとに送り込んで、工作活動するという狙いがあったんだと思います。女流作家の丁玲《ディンリン》や評論家の馮雪峰《フォンシュエフォン》らが、その代表です。彼らは魯迅に近づき、いろいろと説得するわけです。「共産党員になれ」とか。馮雪峰などは、毛沢東直々の命令で魯迅に接近したのです。

すると魯迅は、次のように語ったと言われています。

「私はこれまでずっと逃亡の日々を送ってきたが、お前らが来たので、また逃亡を図らないといけない」

彼は、自身の思想的立場が共産主義者ではないということをわかっていた。私が思うに、魯迅はどこまで意識していたかはわかりませんが、究極の自由主義者だったのではないでしょうか。自分が言いたいことを言う。相手の顔色をうかがって言葉を選ぶことなど、決してしませんでした。

興味深いのは、「『墳』の後に記す」（『魯迅選集 第五巻』増田渉・松枝茂夫・竹内好編、岩波書店、一九六四年）と題した文章で、こう書いていることです。

他人を駆除していって、そのときになっても、なお私を唾棄しないものは、たとい梟蛇鬼怪《きょうじゃきかい》であったとしても、私の友である。それこそが真の私の友である。万一、それさえないならば、私はひとりでもかまわぬ。だが今の私は、そうではない。私はまだそれほど勇敢でないからだ。その原因は、私がまだ生きたい、この社会に生きていたいからである。もうひとつ、小さな理由がある。前にもしばしば声明したように、いわゆる正人君子の徒輩に、少しでも多く不愉快な日を過ごさせたいために、ことさらに自分が若干の鉄甲を身にまとい、立ちはだかって、彼らの世界にそれだけ多くの欠陥を加えたいからである。私自身がそれにあき、脱ぎすてたくなる日の来るまでは。

いってみれば、いい意味での「イヤがらせの精神」なんですね。だから、偉ぶって人に説教するような人たちを許さない。

「あいつらの居心地のいい時間を少しでも減らして、毎日、〝ああ、なんでこんな日、イヤだ！〟って、そういう気持ちの日、時間を、少しでも長くしてやりたい」のであって、「自分は偉い」「私には大義がある」「民衆のために、イデオロギーのために」で言論活動をしているのではない。共産主義者でもなく、国民党でもなく、本当に究極の自由主義者なんですね。

魯迅の想いは、とにかくできうる限り自由に発言したいだけ。とりわけ権力者たちに対して、自分の言いたいことを言わなければ気がすまないのです。

劉燕子　もう一カ所、楊さんの魯迅評で私が感心した部分があります。

『魯迅批判』を書いた李長之《ちょうし》は、「魯迅を批判するって、お前は自分を何さまだと思ってるの？ 批判の二文字だけで、罪は万死に値するぞ」と闘争大会に引っ張り出され、ヒステリックな革命者に罵倒された。

毛沢東のおべっか使いだった郭沫若と周揚を除いて、魯迅に批判された者は反撃したか否かにかかわらず、ことごとく反動派として打倒され、酷い迫害に遭った。胡風は二十数年の牢屋生活、沈従文は書くのを諦め、古代の服飾研究に逃げ込んだ。魯迅が亡くなるまでずっと良好な関係にあった左翼作家、馮雪峰も丁玲も、なぜか右派のレッテルを貼られた。「子どもを救え」と「民族性を変えよ」を目標にして、さんざん戦ってきた左翼作家たちも、革命が勝利したと安心する間もなく、たちまち自分の足をすくわれてしまった。

誰彼かまわず自由に批判をするのが身上だった魯迅を、他者からの批判を封じ、中国共産党を擁護するための「権威」に使うとは、なんという狡猾さでしょうか。ここに毛沢東と中国共産党の本質が表れていると思います。

中国政府が恐れる〝第二の魯迅〟の登場

楊逸　私が魯迅を取り上げるのは、誤読、しかも意図的にそうされてプロパガンダに使われた作家だからです。

劉燕子　魯迅批判をしたら死刑に値するなんて、当の魯迅が知ったら憤然と批判するでしょうね。そういうのが大嫌いな作家ですから。彼が生きていたら、「なんてことしてくれるんだ。自分の値打ちが下がるじゃないか」と思ったことでしょう。これでは、泉下《せんか》の魯迅が気の毒でなりません。

楊逸　本人の思想に反するような扱い方をされたわけですからね。一九六六年、魯迅逝去三〇周年の記念集会で、その未亡人である許広平《きょこうへい》は、次のように発言しました。「魯迅の心は毛主席に憧れ、毛主席に追随していた。偉大なる毛主席は、魯迅の心のなかで最も紅い太陽でした」

こうした家族の振る舞いは、醜い以外なんとも言いようがありません。まさに、悲劇ですね。

劉燕子　ええ。その大会で魯迅の名前には「文革大革命の偉大な旗手」という珍妙な枕詞《まくらことば》がついていましたし……。

楊逸　今の中国では、『阿Q正伝』のような魯迅の作品は、あくまでも一九三〇年代の話、要するに昔の話とされています。一九四九年以降は「新社会」、それ以前は「旧社会」であり、「旧社会の政権下で搾取された貧しい人々は、いかにも愚かだった。しかし私たちはもう目覚めた。毛沢東が救い出してくれて利口になった。ああいう話は、あくまで旧社会の人々のこと」というように習うわけです。

劉燕子　私も同じようなことを学校で言われました。高校生のころにもうひとつ読んだのは、魯迅が一九一八年に発表したデビュー作『狂人日記』（『故郷／阿Q正伝』藤井省三訳、光文社、二〇〇九年）です。

人間が人間を食べるという恐ろしい社会をテーマにしているだけに、内容はあまりにもすさまじく、あまりにも露骨で生々しい。高校生という一番多感な時期に読んでしまうと、精神的な成長にはまったくよろしくないだろうなと思いました。でも、それしか読まされなかったのです。

楊さんの前掲書で、もうひとつ興味深く感じたのは、「いま、中国の教科書のなかから、魯迅が消えようとしている。その代わり、消えた穴を何が埋めるのか。論語だ」という箇所です。それは、「魯迅の批判は、今の政権に対しても当てはまるのではないか」と思うような中国人が出てきたら、かえってまずいからではないでしょうか。

楊逸　ネットを通じて情報が入ってくるようになり、政府がそれを恐れるようになりました。たしかに、魯迅みたいな毒舌の人がどんどん出てきて、独裁者である自分たちの蛮行を批判するようになったら困る、ということは考えられますね。

昔はもっと情報の封鎖ができていて、大陸では、国民党統治下の台湾で、人々がどう生活しているのかすら知らなかったわけです。だから、魯迅が批判しているとおりに、私たちは国民党のことを悪だと思っていました。「蔣介石は許せない」と。ところが、台湾で成功したビジネスパーソンが大陸や香港にどんどん入ってきたので、それがウソであることがバレてしまったのです。

要するに、毛沢東の時代は国民党を敵対勢力に仕立て上げやすかったけれど、今は、魯迅を持ち出してプロパガンダに使うという社会状況ではなくなったのではないでしょうか。魯迅が昔ほど若い人に読まれなくなっているというわけではなくて、魯迅のプロパガンダとしての機能が、昔ほどではなくなったということかもしれませんね。

第二章

悪事の巧みな「書き換え」、そして過去の「正当化」

家畜化された“ブタ”としての中国人民

本章のキーブック

『酒国』
莫言

『一匹の独立独歩の豚』
王小波

『黄金時代』
王小波

ブタは野生のイノシシのことがわからない

「中国人民」は家畜化されたブタ

劉燕子　はたして「中国人民」は、前章で触れたような〝洗脳〟から目が覚めたのかというと、残念ながら、ほとんどの中国人は今も洗脳されたままです。

逆説的な言い方ですが、魯迅は一九三六年で亡くなってよかったのかもしれません。砂漠化した文学界を見ずに済んだわけですから。一九四二年、延安で毛沢東の文芸講話があり、「すべての文学は民衆のために」とされ、以後、それが知識人の粛清や思想統制に利用されてきました。第一章で楊さんの著作から紹介したように、一九四九年以降は毛沢東が魯迅について語った「黙っているか投獄されているかしないと、生きていけなかった」

時代となったのです。

魯迅をきちんと読み、その批判精神をしっかりと受け継ぐ。そうなると、共産党統治に批判的になるのは当然です。ですから、中国の歴代政権はそうした事態を未然に防ぐべく、独立思想のある知識人や文学者をことごとく粛清してきました。私たちは七〇年間、そんなタイムカプセルのなかに閉じ込められてきたわけです。共産党のすごさは、人間の肉体の消滅だけではなくて、魂にまで入り込んで空っぽの人間を作ったことといえるでしょう。

では、なんでそんなことになってしまったのか、楊さんはどう思われますか？

楊逸　わかりやすく言えば、家畜のブタと、野生のイノシシの違いですね。飼われているブタは、与えられたところで寝起きして、与えられたエサを食べて、時間になるとどこかへ運ばれて絞められる。そんな生活に対し、ブタたちは違和感なんてありません。生まれてから、ずっとそんな環境にいるわけですから。

だから、小さい頃から違和感があったという中国人がいたら、それは天才です。イノシシを見たこともないのに、「おお、私は本当はイノシシなのに、どうしてブタになってるの!?」なんて、自覚できるわけないでしょう。

劉燕子　楊さんは、日本に来てイノシシと飼われている家畜のブタとの違いがわかったということですか？

楊逸　最初はイノシシを見ても、自己認識、アイデンティティはブタなのです。他人のことを鏡だと思って、「なんだ、この人おかしい」と思ったときに、自分のほうがおかしいんだということに気づく。私の場合は、前にも少し触れましたが、同じ中国人を見て、鏡を見ているという感覚で、初めて「え、うそ。私も一緒じゃん」ということを、考えさせられるんです。そうやって、少しずつ気づいてきました。

たとえば私にとって、天安門事件の中国民主化運動はどう見えたか。ブタは長く囲いのなかにいますが、エサをたくさん与えられていません。そして、先輩たちは次々とどこかへ連れていかれて殺されてしまう。

そこでブタたちは、「もっとエサをくれよ。ちょっとだけこの囲いから出してくれれば、草があるんだろうからさ」と訴えた。当時の若者が言う民主化なんて、その程度のものではないかと。

劉燕子　中国の外にいる人からすると、なんであれが民主化運動に発展しなかったのかとか、鄧小平が悪いからとか、だまされたからとか、いろいろ言われるけれども、そもそもイノシシを見たこともないので、どうやったらイノシシになれるかがわからない。だから、どんなに過激なことをしても、それが民主化運動にはなかなか転化せず、国の形を変えられなかったということですね。

産婦人科の温かいベッドで生まれた日本人にはわからないこと

楊逸　中国政府の宣伝では、世界中はイノシシの国だらけで、私たちがそこへ行って解放してやらないと可哀そうなんだ、ということになります。エサは与えられないし、囲いもなく、そこらへんに寝っ転がってやがて飢え死にしていく。だから、彼らはとても可哀そうだ。そういう感覚なんです。

ただし何も情報がないのに、こうしたウソに気づける人は、はっきり言って天才だけです。少なくとも私は、人より先にそれを感じとることはありませんでした。

来日してから、日々いろんな情報を吸収して、それを自分のなかでいかに反芻して消化していくか。それは、とても長く苦しいプロセスでした。少しずつ、何が正しいのかを探してきて、今日に至りましたが、いまだに正しいことを、しっかり言えるかというと言えない。まだまだ途中なんです。

日本人は、産婦人科の温かいベッドで生まれて、ミルクもあって、アイスクリームも食べたいときに食べられて当然だと思っています。その日本人が、いきなり中国に行ったら、それは違和感だらけです。けれど、アイスクリームを見たことさえない人間にとって、違和感なんて何もない。何もない状態が当たり前なのです。

まぁ、これはあくまでも私の個人的な感覚ですから、劉さんは別かもしれませんが。

劉燕子　いや、私も同じですよ。親も私も、外の世界がまったく見えない〝缶詰〟のなかで生きてきましたから。ただし、現在の「少年先鋒隊」、当時の言葉で言えば「紅小兵」という中国共産主義、毛沢東主義の子どもを育てようという団体に自分がなかなか入隊できず、ずっと差別を受けてきました。ですから世の中に対する反発心というか、ちょっとした反骨精神はありましたね。

私の知り合いで、広州の中山《ちゅうざん》大学の助教授時代に民主化運動をリードし、天安門事件後、ニューヨークに亡命した陳破空《ちんはくう》という人物がいます。彼は子どもの頃、父親に移動映画に連れていってもらった際、本編が始まる前にスクリーンに映し出された、輝く光によって飾りつけられた毛沢東の写真を見て違和感を覚え、そうした経験が積み重なって八〇年代の民主化運動に参加していったそうです。

文革のうねりは子どもたちさえ、巻き込んでいった。各地の小学生も「紅小兵」として文革に参加し、ときには自分の先生ですら批判に追い込んだ。

第二章

悪事の巧みな「書き換え」、そして過去の「正当化」

家畜化された“ブタ”としての中国人民

陳破空は一九六三年生まれですから、同じ世代です。アメリカへ亡命したあとに来日して、そこで私とも交流ができました。

楊逸　先ほど言ったように、共産党の欺瞞からいち早く目覚めるなんて、彼は私と違って天才ですよ。

劉燕子　そうですね。陳破空は天才というか、例外かもしれません。多くの中国人留学生が日本にやってきていますが、自分の祖国に対して違和感を覚える人は、ほとんどいませんから。一九八〇年以降に生まれた人たちの世代を指す「八〇後《バーリンホウ》」、同じく九〇年以降生まれの「九〇後《ジウリンホウ》」、さらに二〇〇〇年以降の「〇〇後《リンリンホウ》」たちは、豊かな生活のなかで成長してきて、共産党はそれほど悪くないと思っています。

私の場合、人並み以上に文学の素養があったわけではなく、日本にやってきた最初の一〇年は、自分の祖国に対する批判精神はそれほどありませんでした。長い日本の生活のなかで、「あっ、これは違うわ」と考え始めて、それから今があります。

私の研究テーマのひとつは亡命文学です。亡命先の欧米各国をめぐって、実際に何十人もの反骨の知識人と知り合ってきましたが、そういう人たちは一握りにすぎません。多くの中国人は阿Qのまま。一〇〇年経っても、ちっとも変わっていない。それこそ、中国共産党の思うツボなんですね。

翡翠の翠の字の意味は「習近平は二度死ぬ」

楊逸　今や中国政府は国家予算をつけて、「一帯一路」の行く先々でプロパガンダ書物を現地語に翻訳させ出版しています。テーマは、それこそ「中国思想」関連や「シルクロード交流史」、あるいは「漢方と健康」から「国際貨幣の人民元」といったものまで、よく言えばバラエティ豊か、悪く言えばただ単に雑多です（笑）。

なかには、いかに共産党の制度が欧米の民主体制より優れているかをアピールする小説もあります。日本で出版された日本語版を何冊かもらったこともありました。もっとも、目障りなのですぐ捨てましたけれど（笑）。このように、書籍を通じたプロパガンダ工作も、中国政府は盛んに行っています。

劉燕子　鄧小平の改革開放から四〇年以上経つ今、海外へ留学して中国に戻る人も数えきれないくらいいるのに、中国の政治の進歩や民主主義の発展には少しも役に立っていません。日本やアメリカに行っても技術を学ぶだけ。たとえば日本の戦後七五年はどういう道筋で文化的に発展してきたか、といったことは学ぼうとはしない。
あるいはアメリカに留学した中国人も、シリコンバレーでIT技術を学んだだけで、自由や民主主義の実際など見向きもせずに帰国してしまうわけです。

楊逸　なるほど。ブタはブタのままで出ていって、ブタのままで帰ってくると……。私もブタを長くやってきてわかるのですが、自ら知識を吸収して反省するようにしないと、なかなかブタというのは、イノシシになろうという質的な飛躍は遂げられません。到底無理な話なんです。

劉燕子　たしかに、中国の発展の度合いは、ものすごいものがあります。経済成長の質の良し悪しは抜きにして、今はどこの地方都市へ行っても、グッチもあればプラダもある。相変わらずニセモノもあるでしょうが（笑）。
ただ、人民が飼い慣らされるのも仕方ないのかな、という感じも受けるんです。これも共産党の思惑どおりではないかと。

楊逸　いわゆる「愚民政策」ですね。ブタというのは着飾らせてもらうと、よけいにうれしくなるんじゃないかしら。もっともっとブタでいたいという感覚、ありませんか？
そういう人たちが、いろんなブランド品を身につけて銀座を歩くと、一目見ただけでわかるでしょう。日本人の目には、どうにもキレイには映らない。だけど本人たちは、それで喜んで満足している。

その現象こそが、共産党の成功の証しなのです。ある日、この人たちがブランド品を追い求めなくなったら、そのときは、むしろ危機なんですね。私の場合は、そういうものを求めてはいません。ブランド品で着飾ったところでキレイになれるかというと、そうじゃないのがわかっていますから。

真の美しさというものと、見た目だけ着飾るというのは、まったく別ものだというのがわからないと、いつまで経ってもそれで満足してしまうだけなのです。

劉燕子　私自身も中国に帰るたびに思うのは、たしかに自分の親も親族も、生活は本当に豊かになったということですね。共産党は、経済的には本当に成功したなと。

さらに二〇二一年二月二五日、習近平は「中国の貧困は消滅した」と宣言しました。実際には格差は非常に大きく、まだまだ立ち遅れている地域はたくさんあるんですが……。そうした意味で言うと、やはり共産党は、プロパガンダ、洗脳がものすごくうまいと言えるでしょう。

ところで今、中国では翡翠《ひすい》の「翠」の字が「禁止用語」になっているそうです。ふたつの「羽」の下に、「卒」がついているからというのが、その理由です。

楊逸　そうですね。習近平の「習」という字を、中国大陸で使われている簡体字で書くと「习」となります。そして「卒」は亡くなるという意味。つまり「卒」の上に「习」がふたつあることから、「翠」は「習近平が二度死ぬ」という意味になるんですね。

劉燕子　ええ。とにかく思想と言論の弾圧は、「翠」という単なる一文字が使えなくなるというくらい、いっそう厳しくなっています。ところが、中国人は皆、このような共産中国という〝養豚場〟のなかで満足して、もっと飼い慣らされてもいい、骨抜きになってもいいと考えるようになってしまいました。だから、これだけコロナで世界に迷惑をかけても、党に感謝していると彼らは言うんですね。

こうした洗脳を解くのは、容易な作業ではありません。とりわけ内側から変わるのは、かなり厳しいでしょう。だからこそ私たちや、そのほかの日本人、そして世界の人が「おかしい」ことは「おかしい」と、大声で訴えなければならないと思います。

世界のあちこちで起きている「見ないふり」

不条理な時代、不条理な土地、不条理な人、不条理な制度

劉燕子　「ブタとイノシシ」のたとえで思いだしましたが、一九九七年に惜しくも亡くなりながら、今も中国で非常に人気のある作家、王小波にそのものズバリのエッセイがあります。『一匹の独立独歩の豚』という一九九六年の風刺短編作品で、私が翻訳しました（『藍・BLUE』第二号、二〇〇一年）。

養豚場のなかから、一匹の独立独歩の気概を持ったブタが出てきて、すぐ「殺してしまえ」となるんですが、なんとか人間の束縛から逃れて、最後はイノシシになって自由奔放に生きるというストーリーです。

楊逸　え、そうなんですか？
読んでいないので知りませんでした。まさに、ふたりで話してきたテーマじゃないですか。さすがは王小波です。

劉燕子　そうですね。王小波のことを知らない日本人も多いでしょうから、ちょっと紹介しましょう。

王小波は一九五二年、北京生まれ、一九六八年、文革の渦中で農村に下放されます。文革後は工場労働者、教員を経て、一九七八年、中国人民大学に入学。一九八四年にアメリカへ留学し、ピッツバーグ大学で修士号を取得します。八八年に中国に帰国後、北京大学、人民大学で教鞭をとりながら創作活動を開始。やがて大学を辞め、ペン一本で独立しますが、一九九七年に心臓病で急死してしまいます。そして死後、その名が知られるようになり、「王小波現象」と呼ばれるブームを巻き起こしました。

代表作の『黄金時代』（桜庭ゆみ子訳、勉誠出版、二〇一二年）と『青銅時代』（未邦訳）は、台湾で数々の文学賞を受賞しています。文革後の中国文学を知るという意味では、とても大事な作家だと思いますね。

とりわけ『一匹の独立独歩の豚』は非常によく読まれ、ベストセラーになっています。

ということは、皮肉なことですが、おそらく自分自身の国の話というようには読まれていないということでしょう。楊さんが先ほど言われたように、家畜のブタはイノシシを想像できないわけですから。どこかよその国の話として、中国人は読んでいるのでしょうね。

楊逸　近年、日本もそうですが、中国でも若い人の読書離れが進んでいます。私たちの世代のように、小説を読んで教養や勉強の一助にするという感覚はありません。せいぜい時間潰しなのでしょう。ですから中国の若い人たちは、王小波を読んで深く考えたりはしない。エンターテインメントとして読んでいるのでしょうね。

劉燕子　そうでしょうね。私が王小波の作品に出会ったのは、二〇年ほど前のことです。どれもとても重いテーマを扱っていますが、ユーモアにあふれ、ウィットに富んでいます。読んでいると、思わず笑ってしまう部分が多いんですね。

今、日本でもよく知られている作家、たとえばノーベル文学賞を受賞した莫言《ばくげん》とか、次のノーベル文学賞に近いと言われている閻連科《えんれんか》たちの作品もいいと思いますが、王小波の小説はそれらに劣らないと思っています。たとえば共産党による人間性の〝抹殺〟といった普遍的ながら深刻なテーマですら、ロマンチック、ユーモラスに描いている。王小波の小説には非常に温かみがあるのです。

楊逸　私も同感です。第一章で紹介した『亞洲週刊』の「二〇世紀中国文学傑作一〇〇選」にも王小波の『黄金時代』が選ばれています。私が最も惹《ひ》かれるのも、この作品ですね。

日本でも翻訳出版されていますが、残念ながらあまり知られていません。なぜ王小波をここまで取り上げるかというと、中国人としての人生で負った傷をさらすというよりは、むしろ傷をものともせず、傷を通じて表現しているところが、ほかの作家にはない特徴だからです。

彼が生きなければならなかった中国には、いかに不条理な時代背景、不条理な環境、不条理な人たち、そして不条理な制度にあふれていたかを描き切っています。笑いながら読んで、読んだあとに考えさせられる。まさに私が中国で二〇代前半を送った時代が、いかに非人間的なものだったかが改めてわかります。

劉燕子　そうですね。王小波の作品には、タブーへの挑戦、独創的なイマジネーション、ユーモアを込めた風刺といった特徴があり、中国社会の不条理を巧みにパロディ化しているところが読みどころといえるでしょう。

「ウソ」の一言で片づけてはいけない中国の〝不治の病〟

楊逸　とりわけ王小波の『黄金時代』という小説で着目すべきは、ひとつはヒューマニズム、もうひとつは実存主義ですね。

王二《ワンアル》という主人公の青年は、たびたび山中に逃亡していなくなるんですが、その後、そこで暮らしている人々は、あたかもそんな人間は初めから存在しなかったように振る舞います。一方で、さまざまな登場人物が王二の消息について尋ねるわけです。「あの王二という人はここにいたでしょ。いまどこに行ってるの？」とか「え、知らないの？　ここには、はなからいなかったの？」というように。

存在していたかもしれないけど、わざと目をそらして、その存在を認めない。自分に都合の悪いことは一切触れさせない、これは、いかにも共産主義的、共産党的態度です。

劉燕子　まさにそのとおりです。その一方で、王二のシリーズを終えると、視点を過去から未来へと転じて『未来世界』『二〇一五』（いずれも未邦訳）や、『黄金時代』の邦訳本にも収録されている、二〇二〇年を舞台にした『白銀時代』といった、彼が影響を受けたジヨージ・オーウェルの『1984』を思わせる作品を発表していったのです。

楊逸　ええ。先ほども話題に出ましたが、二〇二〇年六月、いみじくも李克強首相も認めたように、いまだに中国の人口の六億人以上が月収一〇〇〇元（約一七〇〇〇円）以下という貧困層であるにもかかわらず、翌年、習近平は「極貧を根絶するという『奇跡』を達成した」「歴史に刻まれる完全な勝利」と、宣言しました。新型コロナの世界的流行への責任問題に関して、知らぬ存ぜぬをとおしているのも同じことでしょう。

ただし、これを単純に「ウソ」の一言で簡単に片づけるのは、実は一番いけないことなんですね。日本は「日中友好」を掲げ、日本が経済発展するには、隣国で友好国でもある中国は欠かせない存在としています。中国なしでは日本の経済は成り立たないと。

こうして「友好」を過剰に持ち上げる一方、中国政府は少数民族迫害、南シナ海での他国への干渉など、たくさんの悪行を重ねているにもかかわらず、それをあたかも存在していないかのように振る舞うという、ある種の〝病気〟に日本もかかっている。いや、日本だけでなくほかの国々も同様の状態に陥っています。中国と妥協するというのは、ある重要な部分をないように、見ないようにするということなのです。

そういう意味でも、中国の〝不治の病〟が一番深刻に表現されている作品というのは、やはりこの『黄金時代』以外にないと思います。私たち中国人が生きてきた時代を本当にうまく表現している。

ヒューマニズムと実存主義のふたつを同時に表現していることと、もうひとつ評価したいのは、中国だけで起きていることではなく今、世界のあちこちで実際に起きている「見ないふり」を予見していたことです。これは、今までも起きていたのかもしれませんが、中国共産党によって、より深刻な事態となっていることに気づかなければならないと思います。

劉燕子　おっしゃるとおりですね。前述のように王小波は中国人のあいだで、いまだに高い人気を誇っていますが、『黄金時代』で描かれた中国の本質をきちんと読み取らず、まさに「見ざる、聞かざる、言わざる」の「三猿」であるならば、そのツケはのちのち必ず回ってくることでしょう。

赤裸々な性描写の裏にある「異質な中国」

楊逸　王小波の『黄金時代』のもうひとつの特徴は、赤裸々な性描写がこれでもかとばかりに出てくること。その背景には、「異質な中国」という重要なキーワードが隠されています。

主人公の青年、王二が下放先の雲南省の田舎で年上の女医、陳清揚《チェンチンヤン》と出会います。彼女は結婚していますが、夫は罪を犯して投獄されている。ただし、離婚はしていません。

見た目が美しいから、周囲の村人たちのあいだでは、「あちこちの男を誘惑して、いろいろとふしだらなことをやっている」という噂が立っているのですが、王二と出会ったときに彼女が真っ先に言ったのは、「私がふしだらではないことを、どうやって証明できるか教えてほしい」ということ。

すると王二は、「あんたがふしだらでない女だという証明はできないけれど、ただ、実際にふしだらなことをやって、あなたがふしだらな女である証拠をつくることはできる」と答えます。そして、ふたりは関係を結びました。

やがて、ふたりの関係が周りに気づかれて、批判されます。そこで、山のなかに逃亡したりするんですが、しばらくすると戻ってきました。

戻ってきて、また批判されて、始末書を書かされる。「どんなふしだらなことをしていたのか、詳しく書け」と、ふたりは別々の部屋に閉じ込められます。そして王二が細部に至るまで描写すると、周りの田舎の人たちや幹部連中はたまらなくなって、「こういう部分も書け」「ああいう部分も反省しろ」と指示します。彼らは、ある種のポルノ小説を読んでいるかのように、始末書を楽しむわけです。

そのうち、始末書を書くだけじゃなくて、ふたり一緒にみんなの前に引きずり出されて批判されることになってしまう。そこで王二と陳清揚は、自ら進んで批判の場に出るときの準備をします。中国では、ふしだらな女の象徴は首からぶら下げたオンボロの靴というのが定番です。それを用意して、飾りのように首にぶら下げて、群衆の前で批判を受けたのです。

群衆は喜んで「どんなふうにヤッた!?」とはやし立てます。すると、ふたりも注目を浴びる役者のような気分になって、どんどん〝ふしだら役〟に入り込んでいくのです。

実は王二も陳清揚も、単にふしだらなことを証明するために関係を持っただけで、自分たちの仲についてはクールに割り切っています。しかし、反省を迫っていた幹部たちは、「お前らのふしだらな関係を私たちは見て見ぬふりはできない。一回、結婚しろ。そうすればチャラになる」と言ってきたのです。

それで、ふたりは無理やり結婚させられます。〝ふしだらな関係〟は変わっていないが、一度結婚したことで、その性質が変わる。これは実は、中国共産党の〝問題解決法〟としての常套手段を描いているのです。

たとえば、中国では、一九四九年の建国以来、「資本主義」をずっと否定してきました。前にも説明したように文革のときには、資本主義者という疑いをかけられただけで、リンチにあい、命さえ奪われたのです。

ところが、文革でズタズタになった中国経済を立て直すため、鄧小平は資本主義を導入せざるをえなくなります。そこで、彼が考えたのが「中国の特色ある社会主義市場経済」という言葉で、自分たちの政策を〝正当化〟するということ。

かつて「極悪非道な資本主義の下では、貧しい労働者を搾取することでしか生きられない」として、数知れないほどの資本家や地主を公開処刑した悪事をしたことなど、まるでなかったかのように、「中国の特色ある社会主義市場経済」を発展させるために、人民をどんどん搾取していいことにしてしまったわけですし……。

滑稽としか言いようがありませんが、このように、過去の悪事をあとになってなかったことにするという正当化は、とにかく中国共産党の得意技なのです。

ちなみに、王二と陳清揚のふたりは、結婚届けを出した翌日に、また離婚届けを出しにいきます。結婚している、していないは、あくまで当局の問題であって、自分たちにとっては、どうでもいいことだからです。

劉燕子　実際、文革の当時は、結婚どころか人民のセックスライフですら、党によって管理されていました。よく日本の方に「なんで知識青年は、あんなに禁欲的になれたのか。人間の本能をコントロールできたのか」などと聞かれますが、そんなわけありません（笑）。

楊逸　そりゃそうです（笑）。この『黄金時代』のもうひとつの読みどころは、彼らが始末書を別々に書いたこと。彼女がどう書いたかを王二は知らないし、逆もまたしかり。

文革が終わったあと、ふたりは再会してホテルで再び関係をもつ。そしておたがいの始末書について語り合うなかで、彼女がこう言うのです。

あの始末書には何も書いていないわ、ただ真実の罪が述べてあるだけ。

真実の罪とは何なのか。ある日、ふたりが山のなかを流れる川を渡る際、王二が陳清揚のことを抱きかかえ、そして彼女の尻を引っ叩きます。そのときに芽生えた感情が真実の罪なのです。陳清揚は言います。

あの時全身の力が抜けて、ぐにゃりとなり、あなたの身体にぶら下がっていたのよ。自分がまるで樹に巻き付いた藤か、人に抱かれた小鳥のように感じたわ。もうなにもかもどうでもよくなって、第一、あの瞬間、何もかもすっかり忘れたわ。あの瞬間にあなたを愛したの、それは永久に変えられない事よ。

実は女性が「あ、好きになっちゃった、愛しちゃった」と〝愛〟に目覚めてしまうと、党にとって非常に都合が悪い。なぜなら、ふしだらな関係というのは、愛とは別のものでなければならないからです。

だから、その始末書を読んだ党の役人は、陳清揚に何度も書き直しを命じます。お前が反省すべきことは「ふしだらな関係について」であって、「愛しちゃったとか、好きになっちゃったとか、そういうことではない」と。しかし、彼女は頑として拒みました。そして、王二にこう言ったのです。

愛していると認めたということは、全ての罪を認めたということになるわ。

思うに、あの時代の中国のあの不条理な社会を経験していなければ、こういう小説は書けないでしょう。

たとえば日本でも、ふしだらな関係がバレると、「不倫したでしょ。反省しなさい」ということはあるかもしれません。しかし、ふしだらな関係を細部まで書けなんて、まず間違いなく言われないでしょう。そうではなく、「あのオンナに対する本当の気持ちはどうなのよ？」という部分を、たぶん追及されますよね。「好きなの？ 好きじゃないの？ なんで関係をもったの？」と。おそらく、そういう理由の部分を反省しろというようになると思うんです。

ところが『黄金時代』では、人間の本性的な部分がいかに抑圧されて、ねじ曲げられているのかを、この反省の部分で描きます。そこが非常に中国的で、共産主義的なのです。

劉さんのご両親は長いあいだ別々に暮らしていたそうですが、それは、私たちにとっては当たり前のこと。人権的に「ありえない！」というのは、あくまで欧米や日本基準の常識にすぎません。中国には、そうした人間第一のヒューマニズムなどありえない。私がこの小説を読んで一番感じ入ったことは、そこなんです。

思想改造のため二八年間別居させられた父と母

劉燕子　私の家族の話が出たので、それを交えながら『黄金時代』との関連について、私なりに思うところをいくつか。

序章でも触れたように、一九五七年、父はこの年に始まった「反右派闘争」に巻き込まれて、せっかく受かった北京大学を一年で追われました。父のように反右派闘争で弾圧された人々は全国で五五万人に上ったといわれていますが、共産党はこれについて今でも、「拡大しすぎたけど、間違っていない」と謝っていません。

当時、大学のクラスでは、「周囲の人間のうち一名を右派分子として断罪せよ」というノルマがありました。そのため父は、日記を書いていたと誰かに密告されたのです。共産党員でもあった父は、言われるがまま日記を提出したところ、内容が思想的反動だということで、党から除名され、鉱山労働者として北京から数千キロも離れた江西省へと追われました。

一九六四年頃に母と結婚しますが、私が生まれて数カ月後に文化大革命が勃発。父が技

1950年代の反右派闘争で準右派分子とされた父（左）。文革前に兄弟姉妹と再会できたが、皆それぞれ知識青年として農村に下放されていった。（劉燕子）

師を務める鉱山で「反革命分子のつるし上げ」が始まります。

父親は「準右派分子」としての前科があったので、紅衛兵が北京の実家を家宅捜査したところ、父が学生時代に書いた詩が見つかってしまいました。地主の家系だった母のことを、革命烈士の墓地である八宝山に生えている青い松の木にたとえ、「亡くなった母親が懐かしい」というようなことを書いていたのです。そのため「大胆不敵な野郎だ」ということで改めてつるし上げられ、リンチを受けたのです。

「これ以上やられたら死んでしまう」と思い詰めた父は、内モンゴルへ脱出。毛沢東に「救ってください」と嘆願する手紙を出したのですが、聞き入れてもらえたかどうかは今でもわかりません。

その後、一九七九年に父はようやく名誉回復を果たしますが、長沙に戻り、母と一緒に暮らせるようになったのは九〇年代半ばのこと。つまり、二八年ものあいだ、父と母は離れ離れの別居生活、禁欲生活を余儀なくされたのです。このように、中国共産党は政治的理由や、農村と都市に分かれている戸籍制度にかこつけて、人々の関係を分断してきました。

とりわけ、戸籍は公安機関が管理し、厳しい社会統制の手段となってきたのです。もっとも改革開放後は、いくぶん緩和されましたが……。
いずれにしても、こうした強いられた「夫婦別居」のもたらした人権侵害や社会的問題は、日本人の想像を絶するものがあります。

文革時代にも存在していた「同性愛者」と「うつ病患者」

楊逸　本当に、ご両親の苦労は信じられないものがありましたね。
王小波、いや正確に言うと王小波夫妻からは、もうひとつ啓発を受けました。『黄金時代』を読む前に、実は文革時代にすでに同性愛者や、あるいはうつ病などで精神を病んだ人々がいたという、彼の奥さんである李銀河《リインフウ》と一緒に書いた論文を読んだのです。

劉燕子　李銀河は社会学者で、フェミニズムやジェンダー問題についても積極的発言することから、「中国の上野千鶴子」という評価もされています。

楊逸　私は日本に来てから中国語でそれを読んだのですが、衝撃を受けました。
なぜならば、私は同性愛というものは、たぶん日本の〝流行〟〝文化現象〟であって、生理的な現象ではないと思っていましたから。正直、当時は同性愛者をなかなか理解できなかったのです。日本に来て、「過食症」や「うつ病」といった病気があることも知りましたが、これも理解できませんでした。

私はお茶の水女子大学の学生だった頃、一般教養課程で精神科学や衛生学も勉強しました。ただ、授業でいろいろな臨床ケースを聞きながら、「日本って、どうしてこんなにヘンなの」と不思議に感じたものです。

その後、王小波と李銀河が共同で書いた先述の論文を読んで、すごい衝撃を受けました。「えっ、文革のあいだにも、ああいう人たちがいたんだ!?」って。

「中国にはこういう種類の病は存在しない。それは資本主義がもたらすものだ」と刷り込まれていたからでしょうね。

劉燕子　たしかに。中国の数千年の歴史は〝異性愛の社会〟と言えます。小説や伝奇物語などでは、ときどき同性愛が描かれてきましたが、基本的には常に「悪習」と見なされ、同性愛者は道徳的にも社会から打ち捨てられてきましたから。

なぜ村上春樹でなく莫言がノーベル文学賞を受賞したのか？

三カ月間、一睡もできなかった莫言

劉燕子　もうひとり、共産党政権下の中国の問題を考えるうえで重要なのは、二〇一二年に村上春樹と争った末、ノーベル文学賞を受賞した莫言でしょう。

莫言は一九五五年生まれ。小学生のときに文革を経験し、一九七六年に人民解放軍に入隊しています。文壇にデビューしたのは八〇年代半ばのことでした。

一〇〇年の歴史を持つノーベル賞において、これまでの中国人受賞者は合計八人。そのうち物理学賞、生理学・医学賞など科学的部門が五人に対して、文学賞はふたり、平和賞がひとりです。二〇〇〇年に高行健《こうこうけん》がノーベル文学賞を受賞しましたが、フランス国籍なので、中国国籍の受賞者としては莫言が初となります。

ちなみに高行健は一九八七年にフランスに渡り、一九八九年の天安門事件をきっかけに政治的亡命を果たし祖国と決別。ノーベル文学賞受賞の三年前、一九九七年にフランス国籍を取得しています。

莫言は二〇一二年、下馬評では最有力といわれた村上春樹を破ってノーベル賞を受賞したこともあって、日本での知名度も上がりました。

張芸謀《ちょうげいぼう》によって映画化された『赤い高粱《こうりゃん》』（井口晃訳、岩波書店、二〇〇三年）など、数ある莫言の作品のなかで、今の中国を考えるうえで参考になるのは、やはり彼の代表作である『酒国』（藤井省三訳、岩波書店、一九九六年）でしょう。私がそれを読んだのは一九九八年の頃でしたが、私の知り合いのある若者は、とても怖くて暗く、後味が悪いと語っていました。

楊さんは、この『酒国』について、あるいは莫言についてどう思われますか？

楊逸　『酒国』について語る前に、彼のノーベル文学賞にまつわる話をさせてください。

莫言がノーベル文学賞を受賞したとき、私は同じ作家としてメディアから取材を受け、こう聞かれました。

2012年12月10日、ノーベル賞授賞式に出席した莫言。1955年生まれで、本名は管謨業（かんぼぎょう）。莫言というペンネームは「言う莫(な)かれ」という意味で、子どもの頃、話好きだった性格を母に注意されたことに由来する。

「なぜ莫言が受賞して、村上春樹は受賞できなかったのか」

私はこう答えました。

「同じ作家でも、背中にのしかかった圧力が全然違う。ひとつの山が背中に載っているか、ひとつの石が背中に載っているかの違いです」

村上春樹にも、もちろん圧力はあります。ノーベル賞受賞の可能性が報道されればされるほど、日々の発言や文章表現に神経を使ってストレスが溜まったことでしょう。

しかし、莫言は、常に政権の顔色をうかがいながら、ギリギリのラインを守って書いているわけです。そのギリギリのラインはどこにあるのかは、彼しか知らない。そのラインは、近くなったり遠くなったりするわけで、とてつもなく神経を使う。

私も莫言に会ったことがありますが、そのとき一番記憶に残ったのは、三カ月間、一睡もできなかったと語っていたことです。私は彼の作品はほとんど読んでいますが、後期より前期の作品のほうが、どちらかというと好きな感じがします。ただ、彼と会ったあとに『白檀の刑』（吉田富夫訳、中央公論新社、二〇一〇年）という作品を読んだら、私も眠れなくなってしまいました。

残酷な描写をひたすら繰り返して、テーマが何で、どう表現したいのか。書きながら模索していたような作品だったのです。

彼は、初期の頃はテーマに忠実に書いていたけれど、後期になると表現技法に重きを置く書き方に変わっていきます。そして、中国の現実を〝マジックリアリズム〟という手法で表現し、批判するという作風が世界的に評価されたのが、ノーベル文学賞受賞の理由ではないのかと。美しいというか、技術を見せつけるやり方。これはこれで、すごいことだと感心させられました。

私が思ったのは、何かの賞、とりわけ文学賞というものは、人を活かすと殺すの二通りあるということ。受賞者がどのように賞を受け止めるか、そしてどう扱うか。大きな賞を受賞したことによって、殺される書き手と活かされる書き手の違いは何なのか。そこは非常に複雑な問題です。

私自身、二〇〇八年に芥川賞という大きな受賞をいただきました。この事実は軽々しく扱えるものではなく、とにかく、それに殺されないように頑張っていくしかないというのが正直な想いです。

莫言はノーベル文学賞を受賞して帰国するや、すぐに政権寄りになってしまいました。このように「文学賞」をめぐるたったひとつの出来事によって、作家の立ち位置がたちどころに変わってしまうこともあるのです。

金儲けと名誉欲にまみれた「発禁」の実態

劉燕子　莫言の受賞に際して、亡命作家の廖亦武《リャオイーウー》や反骨のアーティスト孟煌《メンファン》は、授賞式が行われた日、真冬のストックホルムの会場近くで、裸で走り回るという「ストリーキング」を行い抗議しました。

また、本書でのちほど登場する二〇〇九年に同じくノーベル文学賞を受賞したルーマニア出身のドイツ人ヘルタ・ミュラーは、莫言が政府高官でもあること、政府の言論抑圧に対し沈黙していること、さらには毛沢東の「文芸講話」書き写しキャンペーンに参加したことを挙げて、受賞に異議を唱えたのです。

当然、莫言の作品は中国政府から認められていますが、一方で発禁になっている作家もたくさんいます。それこそ闇連科とか……。楊さんの作品も、大陸では黙殺されていますよね。

楊逸　ええ、私の『時が滲む朝』は、中国ではほぼ発禁処分です。

台湾では訳されましたが、完全に封じ込められています。だから、私も声高に「私の作品も発禁された！」と言いたいところですが、それはやはり違うのではないかと。

そもそも発禁を「名誉」と受け取ってはいけないのです。

発禁とならないよう、より高度な技術を使って作品を書く。そのうえで、もっと人間の本性的な部分に肉薄する。これが、作家のあるべき姿なのではないでしょうか。そういったことを、心がけるべきだと考えています。

発禁の話も裏側からひもとくと、中国当局から発行禁止になるということは、海外でもっと活躍したいという作家たちにとって、実はひとつの〝勲章〟となるんです。それによって、ノーベル文学賞に近づけるということもあって、必ずしも、ネガティブに捉えられてはいません。むしろ、本人が喜んで発禁に持っていこうとするかもしれないくらいです。

実際、ある作家が自分の本を売りたいがために、知り合いである深圳の公安局長に「私の本を発禁処分にして」と頼み込んだら、その翌日に発禁処分になり、それが新聞に取り上げられたことで、本が飛ぶように売れた。つまり、一種の「発禁商法」ですね。ウソのような話ですが、実際に起きた〝事件〟で、新聞記事にもなりました。

そんなわけですから、発禁についてはそれほど真剣に考えないほうがいいと思います。

それよりも、今、最も危ないのは「グレート・ファイアーウォール」です。中国共産党が仕掛けた、海外からの情報をシャットアウトする現代版「万里の長城」です。文学作品の影響より、そちらのほうがずっと怖いですね。

劉燕子　まさに、そのとおりです。しかも中国の作家たちは、心のなかにまで自分独自の「グレート・ファイアウォール」を築き上げて、ベースラインを踏まないようにビクビクしているわけですから……。

「昨日の先生」は「今日の反革命者」

楊逸　先ほど劉さんが言及した『酒国』の読みどころは、まさにその舞台設定のおどろおどろしさにあります。

「幼児食い」という噂を聞きつけた調査員が、現場となった「酒国」という地域に足を運びます。そこの共産党幹部の奥さんが料理学校の先生で、実は赤ちゃんの調理法を教えていました。そして党幹部たちは、みんな赤ちゃんを食べていたのです。そもそも酒国という地域には、赤ちゃんを作っては売るという習慣がある。しかも赤ちゃんは、一体二〇〇〇元（約三万四〇〇〇円）で売れたのです。

私が、この小説をずいぶん昔に読んでふと思ったのは、彼が書きたかったのは共産党文化だったのではないのか、ということ。調査員が来ると、地域の人たちは盛大な酒宴を設けて接待する。それでも調査員は、ここは赤ちゃんを食べるところだから、それをきちんと調査しないと、買収されてはいけないんだと思う。だが、高級なお酒を飲まされていい気持ちになっているところに、調理された赤ちゃんが出てくる。そこで、足をねじって食べてしまう……。

彼は、その時点で共犯者になってしまったわけです。知らないうちに共犯関係となる、その恐ろしさ。

赤ちゃんが料理台に載せられて運ばれてくるのですが、その赤ちゃんはまだ生きていて、話もできる。「これ、何?」ってみんなが聞くと、料理学校の先生である共産党幹部の奥さんが、教えてくれます。

「これは赤ちゃんの形をしたケモノなの」と。

これこそが共産党の教育法、共産党の洗脳技術を語っているシーンだといえます。

私が莫言をこの本で取り上げたのは、彼が中国共産党の文化をどう暴露しているのかを知ってほしいからなのです。

　莫言の小説は、残酷な場面をこれでもかと書く血生臭いところがあります。そうした描写をひと言で言えば、グロテスクそのものです。劉さんと同じように、私も生理的に受けつけ難いものがありますが、そうした描写の各場面に鋭いところがあるのも、また事実です。彼の文学というのは、〝マジック〟と〝リアリズム〟を行ったり来たりする。その結果、リアリズムも純粋なリアリズムではなくマジックが混じったものとなる。

　中国のことわざに「一日為師、終身為父（一日学んだ先生は一生の親と同じ）」というものがあります。「一日、先生について習えば、その先生はもう自分にとって一生の親になる」という意味です。このように中国には、先生を大事にする儒教な文化が根強く残っていました。

　ところが、文革の時代では、「昨日の先生」は「今日の反革命者」。ただし、なぜ次の日に「あんたは反革命じゃないか！」と昨日までの師を批判することができるのか、誰も理解できていません。

　もちろん今、この日本のような環境で話すと、なおさら理解できないでしょう。しかしながら、当時はその環境にどっぷり漬かってしまえば、前日まで親みたいだった人を、次の日は棒を持って叩いたりすることができてしまうのです。『酒国』のワンシーンを見れば、そのことがパッとわかります。権威のある料理の先生、つまり人間を食べるために調理する党幹部夫人が、「これは赤ちゃんじゃないですよ、赤ちゃんの形をしたケモノなんですよ」と何回か言い聞かせると、みんなそう思うようになる。これほど、怖いことがありますか。

劉燕子　これは、周りの人が皆、人肉を食べているという幻想を見る男の日記を通じて、「食人」という中国文化を描いた魯迅の『狂人日記』における問題提起を発展させたものとも読めますね。魯迅の時代だけでなく、数千年の歴史をかけて中国社会に根深く形成された問題に迫っています。しかも、「酒に酔う」というモチーフが、歴史的に行われてきた「洗脳」のメタファーにもなっているともいえるわけです。

楊逸　ええ。今、中国が進めている中国共産党文化を海外に浸透させていくという過程は、まさにその洗脳の過程なのです。酒の席で「飲もう、飲もう、友人だから。飲まなきゃ、あなたは友人じゃないよ」とお酒を勧められて、知らず知らずのうちに共犯になってしまうという〝共産党文化〟が、非常にうまく書かれています。ですから、私は『酒国』を大変高く評価しているのです。

共産党文化と中国文学は、いったいどのようにつながっているのか。文学から、共産党文化をどのように読み取るのか。これが非常に重要なことで、そのためには、マジックとリアリズムが必要なのです。リアリズムだけだと、たぶん出版されない。だから、「これは現実ではない」という装いをこらして読ませる。一読して「ハハハ」とみんなは笑うかもしれないけれど、そこに隠された真実がある。

莫言が本当にそこまで狙って書いているかはわかりませんが、私は「ああ、なるほど。洗脳ってこういうものだ」と思いました。

実際に起きていた「赤ちゃんの丸焼き事件」

劉燕子　楊さんが解説した赤ちゃんの丸焼き事件は、『酒国』という小説のなかだけの出来事ではありません。実際にそういうことが、よく起こっているんです。

今、中国国内では莫言たちが本当にギリギリのラインで作品を書いています。一九八九年の天安門事件をきっかけに、たくさんの知識人や作家たちは海外に亡命しました。そんななかで私は、莫言と同じ時期に中国で有名になった鄭義《ていぎ》という作家に注目しています。

この人は一九九三年、アメリカに亡命しました。大江健三郎と交友を持ち、『大江健三郎往復書簡 暴力に逆らって書く』（朝日新聞社、二〇〇三年）に、往復書簡が収録されています。

彼の作品でも、文化大革命時代、広西チワン族自治区で人間が食べられてしまった様子が描かれています。とにかく「赤ちゃんの丸焼き」なんて、口に出して言うだけでも、ものすごく恐ろしいことですけど……。

楊逸 食糧危機で人々が飢えて死ぬ寸前の時代、おたがいの子どもを食べ合うということが本当に起きました。莫言の『酒国』で描かれたのは、中国がいかに両極化していったかという「プロセス」です。下層の一般庶民たちは貧しくて、自分の赤ちゃんを売るしかない。そのため、流通ラインみたいなものができていく。まさに、中国社会の矛盾そのものです。

ところで、劉さんが紹介した鄭義の作品に描かれているのは、一九五〇年代後半に毛沢東が「大躍進政策」という工業、農業の無茶苦茶な増産政策を指導し、結果、数千万人規模の餓死者を出すという未曽有の大混乱期のこと。一方、莫言の『酒国』の舞台は九〇年代以降です。

中国共産党の幹部たちが、いかにお金を横領して、権力を使ってやりたい放題だったかという話ですから、飢饉の時代とは質的な違いがあります。鄭義の作品のテーマは、大躍進政策の失敗をいかに暴露するかというもので、『酒国』とは異なります。共産中国が、いかに人間性を無視して、人権をないがしろにしているかを書いたものです。鄭義の作品は小説というより、ドキュメンタリー、ノンフィクションというべきでしょうね。

劉燕子　でも共産党の本質は変わっていないんです。『食人宴席　抹殺された中国現代史』（黄文雄訳　光文社、一九九三年）など鄭義の作品は、何冊か日本語に訳されています。ぜひ、一読されることをお勧めしますね。

第三章

「敦煌」と「シルクロード」という幻想

知らず知らずのうちに“共犯者”となった日本人

本章のキーブック

『村上春樹 雑文集』
村上春樹

『シルクロード』
NHK

『敦煌』
井上靖

現地に行っても決して見えない中国の〝闇〟

中国訪問をあとになって後悔した開高健

劉燕子　この本で、どうしても触れなくてはならないのは、ここまで見てきた中国と日本人はどのように接してきたのか、ということだと思います。

前章で紹介した「赤ん坊の丸焼き」だけでなく、文革時の武装闘争で相手を倒してその肉を食べるといった事件は、中国史において何度も繰り返されてきました。ただし、そうした〝カニバリズム〟は単なる過去の悲惨な物語ではありません。

楊さんも指摘されたように、今日の共産党のやり方は、まず宴会を設けて、「食べろ！飲め、マオタイ酒で乾杯！」と接待攻めにします。そのうち自分が食べているものが赤ん坊の形をしていても、赤ちゃんそのものとは思わなくなる。そういう〝毒〟が、日本にも回ってきています。もちろん、世界的にもです。

これまで多くの日本の文化人が、中国に招待されています。しかし「マオタイ酒でカンベイ、紹興酒でカンベイ」ばかりで、まったく中国の現実を見てはきませんでした。

それについて開高健は、一九六〇年の中国訪問を反省しています。

開高健は、毛沢東による大躍進政策の失敗で大飢饉が発生していた一九六〇年に、大江健三郎や竹内実らと一緒に訪中。一カ月にわたり中国のあちこちを見て回りました。しかも、毛沢東や周恩来とも会っていたのです。

帰国してから開高健は、毎日宴会ばかりでマオタイ酒で乾杯していたけれど、日本に帰って調べると、中国ではそのとき、大飢饉が起きていたことをあとで知った。それで自分は二度と社会主義の国は訪問しなくなったと、慚愧《ざんき》の気持ちを文章に書き残しています（開高健、橋川文三、萩原延寿「鼎談・中国現代史と日本」『中央公論』一九七六年一一月号）。

私は一九七二年の日中国交正常化までは、てっきり日中間の文化交流はほとんどなかったとばかり思っていました。ところが、日本の多くの「進歩的文化人」が、中国政府に招待されて大勢で出かけていたのです。しかも、中国の現実は何も見ずに、豪遊していたただけ……。

「百聞は一見に如《し》かず」という言葉がありますが、中国に行ってきた日本の作家の紀行文を読んでも、中国の闇はまったく見えてきません。ある作家は、帰ってきてから糖尿病になって、「なんでこんな病気になったのか。やっぱり中国でおいしいものを食べすぎたか」と述べていたそうです。

楊逸　そうなんですね。知りませんでした。

劉燕子　太宰治の写真などで知られる、田村茂という写真家がいます。「日本リアリズム写真集団」を立ち上げ、一九五〇～六〇年代の日本のベトナム反戦運動など社会運動の様子を撮影し、数々の賞を受賞しました。

彼も文革の前に五回も中国を訪問しています。当時は国交がなかったので、日本から中国に行くのはとても難しいことでしたが、一カ月以上チベットも回っているんですね。一九六〇年代にチベットを訪問する外国人は、ほとんどいませんでした。

ところが、彼が帰国後に出した写真集は、中国政府のプロパガンダそのものだったのです。大飢饉で多くの餓死者が出ていたときに、チベットでは人々はこんなに幸せに暮らしているという写真ばかり載っていました。彼は「チベットには自由がないとか、〝大量の餓死者が出ている〟といったデマを信じている人たちを、この場に連れてきて見せてやりたい」とさえ書いています（『田村茂写真集 チベット』研光社、一九六六年）。

その結果として、真相を知らない日本の読者に偽りの情報を伝えることになったのです。実際には大飢饉で数えきれないほどの人々が亡くなったし、チベットでは二七〇〇以上の寺院が破壊されています。

このようにして、戦後日本の中国に対する認識、中国共産党に対する世論が、中国政府にとって都合のいい方向になっていきました。共産党にしてみれば、自国の人が書くより、外国人に見せて書いてもらったほうが、ずっと影響力がありますから。

「真実」を「写す」と書く写真に写っていたのは全部、ニセモノの中国だったのです。つまり、中国の異様な隠ぺい体質を私に教えてくれたのは、皮肉なことに日本の進歩的文化人でした。

前述したように、一九六〇年五月から六月にかけて、野間宏、開高健、大江健三郎ら「日本文学代表団」が訪中しました。代表団は毛沢東と会見するため、専用機で北京から上海に移動します。そこで毛沢東は、六〇年安保闘争中の六月一五日に起きた東大生、樺美智《かんばみち》子《こ》の死亡事件に深い悲しみの心情を示したのです。その様子に感銘を受けた大江は、次のように書き記しました。「一人の娘の死に、悲しみに耐えぬ眼をした老人はあと百人も娘らが殺されれば、悲嘆にたえず発狂するだろう」（大江健三郎「孤独な青年の中国旅行」『文藝春秋』一九六〇年九月号）。もちろん「悲しみに耐えぬ眼をした老人」とは、毛沢東のことです。

私は、世論に大きな影響力をもつ日本の文化人が知らず知らずのうちに、中国共産党の「共犯者」になっているのではないかという疑念を抱きました。毛沢東は大飢饉のみならず、繰り返し行った粛清で、無数の自国民の命を奪ったという重大な責任があるにもかかわらず、それには触れずに、ひとりの異国の人の命が失われたことに対し「深い悲しみ」を示したことを打ち出す。これは、結果的に彼の責任をカモフラージュする役割を果たしたことになるのではないでしょうか。

今もなお日本の文化人は、人権を蹂躙《じゅうりん》している中国共産党に対して、ほとんど何も発言していません。つまり、発言しないことで「共犯者」になっているのです。これは大問題でしょう。

私が、劉暁波をはじめとする中国で言論を封じられてきた作家たちの作品を翻訳している理由の一端は、ささやかながら、こうした状況を変えたいから。だから、中国政府からお墨付きをもらっているノーベル文学賞作家の莫言らとは違い、命がけで真実の声を出しつづけている作家たちの作品を紹介しているのです。もちろん、読者の方には作品そのもののよさを、じっくりと味わってほしいと思っていますが。

中国、北朝鮮、キューバに共通する接待パターン

楊逸　これは中国対日本だけではなくて、冷戦時代の東西陣営、共産主義・社会主義国対自由主義国の問題でもあったわけです。

かなり前のことですが、知り合いの日本では数少ない北朝鮮研究者が年一回、必ず北朝鮮を訪問し特別な待遇を受けていました。研究者として北朝鮮に入ると、まず、美女の通訳がついて、北朝鮮の高官たちとの宴会に参加し、つづいて聖地である白頭山や温泉などに案内されたそうです。ただし、そこには一般人の姿はありません。政権の特権階級の人たちしかいないんですね。

私は帰国したその研究者と何度か会った際、彼は話していました。「北朝鮮は素晴らしい、病院は完全に無料だし」と。それで「私も、一回行きたい」と言ったら、彼の計らいで日

本にある北朝鮮関連組織の関係者が「じゃあ、一回、会おうじゃないか」となったのです。結局、その後は何の音沙汰もなく、うやむやで終わってしまいましたが……。

それはともかく、共産国家が外国の学者や文化人を迎える場合、いくつかの接待パターンがあるらしいんですね。北朝鮮も、中国も、キューバもそうだといいます。

実際、私は二〇一六年、取材でキューバに行きました。渡航前に、日本でキューバを研究している学者を呼んで勉強会が開かれ、注意事項をレクチャーされます。とにかく、キューバの悪口を書いてはいけない、書いたら二度とキューバに行けなくなると。

私は二度とキューバに行きたいとは思いませんが、キューバを研究する学者にとって現地に行けなくなるというのは、当然、大変なことであるわけです。次の取材や調査のことも考えると、強く批判するようなことは書けないのでしょう。

キューバに行く前に、日本人が書いたキューバ関係の本を、いくつか読んでみました。著者はダンスを習いにキューバに通っている人や、キューバの音楽が好きで通っている人たちでしたが、みんな「キューバは素晴らしい国だ。識字率は一〇〇パーセント、医療は無料、陽気なラテン人気質」と、いいことばかりが書いてあります。書く人は違っても、内容はみな同じ。教科書みたいな感じです。キューバには食糧不足、圧政など、さまざまなマイナス面もあるのに、それは書いていないんですね。
共産主義の国には、たいがい外国対策オフィスみたいな組織があります。文化交流をする場合は、すべてそのオフィスを通さないといけない。そして、事前に必ず訪問先が決められています。キューバならたとえばハバナ市内の小学校ですね。どの国からの訪問団も、必ずそこに案内されます。

劉燕子　それに青年の島、キューバ革命前はイスラ・デ・ピノス、つまりピノスは松という意味ですから、日本語で「松島」と呼ばれていた島もありますね。ここは、キューバ革命後に共産主義社会のモデルとして、青年を動員して開拓された場所です。また、革命前にフィデル・カストロが投獄された刑務所が改修された博物館もあります。

楊逸　それとハバナの中央病院。ここはもう観光客の対応に慣れているんです。観光ガイド本にも必ずと言っていいほど紹介されていますから。
せっかくキューバに来たんだから、庶民の生活をしっかりと見て真実を伝えたいと思っても、私たちにはそういう自由などありません。勝手に歩き回ろうとしても、通訳やガイドがしっかりと後ろからついてくる。言葉も通じないし、当然、知り合いもいません。ですから、地元のニュースや現実を目にする手段がないのです。

中国も同様です。日本の学者を取り込んで、「中国はこういう国だと宣伝しろ」とあからさまに言わなくても、見せるものを限定してしまえばいいと。たとえば劉さんみたいな女性しか見せないと、「へぇ、ずいぶん上品な奥さんばかりなんだなぁ」となる。そして、「今日の子どものミルク代をどうしよう？」と悩みながら、町角でネギを売っているような庶民は、どうやっても視界に入れさせないようにするわけです。

外国対策オフィスでは、そういうことをずっとやってきているので、はっきり言われなくても、接待される側の学者やジャーナリストたちもうすうすわかっている。「別に中国の真実を求めにきたわけじゃない」「自分の研究のためだけでいい」と割り切って、帰国後、論文の一本も出せれば、おたがいに都合がいい。これは日本人だけではなく、どこの国の人が来ても一緒の対応なのです。

シルクロードへの憧れという大いなる誤解

劉燕子　莫言の『酒国』で描かれた中国は、形を変えて今もつづいていると思います。たとえば、いっとき大きく取り沙汰された、海外で高い業績を残した中国人研究者や、外国

好奇心旺盛な、キューバの小学生に撮ってもらった１枚。ハバナの小学校で、校長先生による説明会からひとり抜け出したところ、下校する小学生たちと出会い、「官製ツアー」では味わえない普通の子どもたちの会話を楽しむことができた。（楊逸）

人の優秀な人材を、積極的に高い給料でヘッドハンティングする「千人計画」や、中国政府からの助成金など、名前は違えど本質は変わっていません。

たしかに、日本人には「日本にとって中国は特別」という側面もあります。漢字は中国から伝わったとか……。

ただ実は、これは一面的な話にすぎません。中国では、日本から逆輸入した「和製漢字」も多く使われています。たとえば、文化、文明、民族、経済、資本、階級、理論などなど。社会主義、共産主義も和製漢字です。中華人民共和国の「人民」も「共和国」もそうですから、和製漢字なしには新中国は成り立たなかったともいえるわけですね。

日本は侵略戦争を仕掛けたことで、中国に対する贖罪《しょくざい》意識も強かった。戦後七年間、アメリカの統治下に置かれましたし、一方の中国は朝鮮戦争でそのアメリカと戦ったということで、アジア的なナショナリズムの高揚もあったと思います。

こうしたさまざまな背景の下で、中国政府は意図的に、民間交流という名目で毎年たくさんの日本の文化人を招待しました。逆に言えば、中国には本当の意味での民間交流はありません。楊さんが今おっしゃったように、全部共産党が見せたいものだけを見せてきたので、日本に伝わった情報は、現実とはまったく違うものでした。

一九七〇年代になると、ベトナム戦争など国際的な背景もありましたが、東大安田講堂事件や浅間山荘事件などは、時期的に文革の真っ最中だったこともあって、毛沢東思想や中国共産党思想の影響力が強かったと思います。東大の正門などに、学生たちによって文革時代に紅衛兵たちが叫んだ「体制に逆らうことにこそ道理がある」という意味の、「造反有理」というスローガンが掲げられていたほどでしたから。

自分自身、日本に来てもあまり大きなカルチャーショックは受けませんでしたが、そのなかで最も衝撃を受けたのは、初めて行った書店で日本赤軍や連合赤軍のメンバーだった人が書いた本を見つけたときです。「あれ？　投獄されているんじゃないの？」と。これが中国だったら、たとえば劉暁波が普通に書店に並ぶような本を出すことなど、まず不可能です。「投獄されている人も、本を出版する権利はあるんだ！」と驚きました。

そしてもうひとつショックを受けたのは、その本をパラパラとめくっていると、連合赤軍の永田洋子やその前夫の坂口弘などが、毛沢東の武装闘争路線の基本テーゼである「政権は銃から生まれる」を、いかに学んで戦ったかが書かれていたことです。

楊逸　桐野夏生に、「山岳ベース」で起きた赤軍派の凄惨なリンチ事件をもとに書かれた『夜の谷を行く』という小説があります。「総括」という名の批判活動の末、同志である女子学生を殺してしまった過去と向き合う元女性メンバーの話ですけど、仲間を殺したあと、死体を「夜の谷」に運んで捨てるという、その恐ろしさ。これこそ共産主義的なもので、共産党の常套手段なんです。何も毛沢東が始めたわけではありません。レーニンの時代から、やっていることはまったく変わっていないのです。

劉燕子　そうですね。私が連合赤軍グループの本のなかで一番多く読んだのは、坂口弘の著作です。彼は獄中から、天安門事件への憤慨の気持ちを込めた詩や短歌を詠んでいます。日本の全共闘や左翼陣営が中国共産党や毛沢東思想をどのように認識し、伝えてきたのかを、もっともっとよく考えてほしいという気持ちがあったので、『「全共闘」未完の総括』（全共闘 未完の総括編纂委員会編、世界書院、二〇二一年）に、次のような意味合いのことを書きました。

同時代、中国は世界革命路線で革命を輸出していました。その影響について再考していただきたい、と。さらに、台湾の著名な学者で中央研究院副研究員の呉叡人《ごえいじん》氏の、次のような言葉を紹介したのです。

「日本の左翼や進歩的知識人の反省とは、旧植民地の被害者に寄り添い被害者を癒やそうとしたのではなく、自己解放、自己解脱を実現しようとしたにすぎない。私たち旧植民地の被害者や抑圧される民衆が、旧宗主国のエリートの自己解脱のために利用されているとすれば、それは形を変えた抑圧、加害行為でしかない。故に、少なくとも中共の暴虐を声高に非難する右翼のほうがまだ魅力的である」

もちろん、日本の論壇や文壇が中国に関する世論の形成で、どのような役割を演じてきたかも問題にされるべきです。作家の井上靖をはじめ、中国を称賛する作品をさまざまな人たちが書いています。とくに八〇年代、ＮＨＫの番組を通してシルクロードがブームになりました。今日でも、日本人にはそういう憧れ、郷愁、ロマンがあるんですね。

ところが、同じシルクロードの途上にある新疆ウイグル自治区で起きた民族的抑圧や、文化的破壊への認識は、正直あまり強くありません。だからといって決して井上靖たちを批判しているのではなくて、その一面的な描写に異議申し立てをしたいのです。

井上靖は二〇回以上中国を訪れていますが、一九六〇年に帰国した際、取材が非常にうまくいっているとか、新疆ウイグル自治区で大飢饉は絶対に起きていないなどと言い切っていました。ひとりも餓死していないと。「自分の人生で一番残念に思ったことは、生きた毛沢東に接見を受けられなかったことだ」とも書いています（「中国は大きい」『井上靖全集』第二六巻、新潮社、一九九七年）。

二〇二〇年に出版された『第三帝国を旅した人々 外国人旅行者が見たファシズムの勃興』（ジュリア・ボイド著、園部哲訳、白水社）に興味深い記述があります。ナチスドイツが勃興したとき、たくさんの欧米旅行者がドイツを訪れました。ところが、彼らの目には、当時耳にしていたおぞましい噂、ユダヤ人に対する迫害、独裁体制による表現の自由の抑制などは、まったく映らなかった。

言わば、第三帝国が醸しだす空気をコンプレッサーで詰め込んだ「カプセル」のなかにいただけだからです。中国に行った日本の文化人たちも同じだったでしょう。

歴代の中国王朝は異常なまでに、真実の隠ぺい工作をやってきましたが、中国共産党が一番ひどい。その度合いはますます狂暴になっています。それが現実なのです。

毛沢東も習近平も使用している悪魔を入れられる〝容器〟

実は日本に大きな期待をしていた劉暁波

劉燕子　日本の文化人たちのせいなのか、一般の日本人も、「現実の中国」を見て見ぬふりをすることが常態になっています。

私は当時、まったく意識していませんでしたが、それを象徴する「事件」だとあとで気づかされたのが天安門事件後、一九九二年の「天皇訪中」です。その頃はまだ、天安門事件に対して世界中が非難をし制裁を科していました。ところが日本が、天皇の訪中を行ったため、「中国を許してあげてもいいんじゃないか」というメッセージを世界中に送ったことになり、その潮流を変えてしまったのです。

その後、二〇二〇年末に機密解除された外務省の文書から、天安門事件発生直後、外務省は、事件を人道的見地から容認できないとしつつも、あくまで「中国の国内問題」とし、融和的な方針を決めていたこともわかりました。

戦前の一九一一年から一二年にかけて起きた、清朝の圧政に対して中国民衆が反旗をひるがえした辛亥革命《しんがい》のときには、宮崎滔天《みやざきとうてん》や梅屋庄吉《うめやしょうきち》、頭山満《とうやまみつる》など多くの日本人が孫文たちを支援しました。それなのに、なぜ天安門事件のあと、日本政府は中国共産党の圧政に抵抗する運動に水をさすような行動をとったのか。なぜ今日の中国民主化運動を支援しないのか。私は今もって、強い疑念を抱いています。

さらに、その無関心の象徴ともいえるのが、中国民主化運動のシンボルである劉暁波に対する日本での評価です。

劉暁波は本書でも紹介したように、民主活動家として天安門事件をリードしました。多くの民主化指導者が事件後、海外へ亡命するなか、劉暁波は中国本土にとどまり、その後も民主化を訴えつづけたのです。もちろん、何度も投獄されました。

そんな劉暁波が中心となって、北京オリンピックが開催された二〇〇八年、世界人権宣言の六〇周年に合わせて「〇八憲章」を起草します。これは、三権分立や直接選挙、言論の自由など西側では当たり前の理念を中国でも実現させようというもの。

もちろん、これが共産党の怒りを買わないはずはなく、彼はすぐに逮捕、拘束され、二〇〇九年、懲役一一年の刑が言い渡されました。

実は私は、「〇八憲章」発表の前に劉暁波と北京で会っています。そして、彼の本を翻訳し『天安門事件から「08憲章」へ』（藤原書店、二〇〇九年）というタイトルで日本で出版しました。ところが、劉暁波がなぜいきなり逮捕されたのか。一一年も獄につながれる刑を言い渡されたのか。ほとんどの日本人は、関心を持ってくれなかったのです。

憲章起草から二年後の二〇一〇年に彼がノーベル平和賞を受賞したとき、メディアはそのことを大々的に報道しましたが、それも一時的なものでした。

楊逸　そうでしたね。

劉燕子　ええ。劉暁波は吉林《きつりん》省の長春《ちょうしゅん》市出身。長春市は日本が建国した満州国時代の首都で、当時は新京《しんきょう》と呼ばれていました。町のインフラは日本統治時代に作られたものであり、劉暁波自身、自己紹介をする際、「長春が有名な都市になったのは、日本人が長春を重視したからです」で述べることもあったように、日本には好印象を持っていたようです。実際、吉林大学在学中には日本語を学んでいます。日本に来たことはありませんが、日本にはとても期待をしていました。

そんな彼が日本をどう認識していたか。実は日本への期待は、民主主義大国であるにもかかわらず、それにふさわしい貢献をしていないという〝失望〟と合わせ鏡の関係にありました。もっとも日本では、そうした彼の気持ちが伝えられることはほとんどありません。中国に帰るたびに、日本で自分の本を出版してほしい、想いを日本人に伝えてほしいと彼から頼まれたのですが……。

劉暁波の行動は、一〇〇年前の辛亥革命のときの魯迅と比べても、決して見劣りしないにもかかわらず、日本のあまりにも冷たすぎる扱いは、いったいなんなのでしょうか。

楊逸　劉暁波は、そういう期待を日本に抱いていたんですね。

信じたい〝幻想〟と信じがたい〝現実〟

劉燕子　劉暁波の扱いに限らず、日本の文化人や文学者、そして日本人全般がもつ中国のイメージは変わっていません。大音量で流される官製のプロパガンダ情報だけでなく、沈黙させられた人々の目を通じて、今日の日中関係を、もっともっと見直してほしいなと思

2007年3月27日、北京で撮影した劉暁波。劉暁波は1955年生まれ。天安門事件、「08憲章」など中国の民主化運動をリードし、2010年ノーベル平和賞を受賞した。投獄中に受賞したのは史上2人目。日本にも期待を寄せていたが、志半ばの2017年、獄中でガンによりこの世を去った。（劉燕子）

います。

私が中国に帰るたびに知り合った文学者や詩人たちは、いま次々と国を捨てざるをえなくなっています。自由に声を発するために、毒された国から逃れるしかないのです。「亡命文学」は、なかなか日本人の興味を惹きません。なぜなら、日本の歴史において、亡命せざるをえないほどの残酷な政治がなかったからです。

楊逸　たしかに、日本はそうですね。

劉燕子　先ほど話に出た田村茂の『チベット』という写真集と、私も翻訳にかかわった同時代の様子を描いた『殺劫《シャーチエ》チベットの文化大革命』（ツェリン・オーセル著、ツェリン・ドルジェ写真、藤野彰・劉燕子訳、集広舎、二〇〇九年）を見比べたとき、同じチベットを見ていないことがよくわかります。前者は、ポタラ宮や雪をいただいたヒマラヤなどの美しい景観ばかり。それに対して後者には、僧侶などがつるし上げられたりしている写真がたくさん収録されています。

今、チベットや香港、ウイグルの問題が注目されていますが、にもかかわらず、なぜ日本人は、新疆ウイグルというと、井上靖のシルクロード、ＮＨＫのシルクロードだけになってしまうのか。私には不思議、というか残念でなりません。

楊逸　劉さんの憤りはわかります。

でも、劉さんと私は文革が終わって一九八〇年代に一年違いで大学へ入った同年代で、ともに文学好きですが、微妙な違いがあります。

私たちが育った国は、先ほど紹介した王小波の本に書かれているように、世界とは異質な国。独裁政権のもとで、私たちはブタみたいに何もわからずに、ただ言われたとおりに外国への闘志だけを燃やし、そうした〝敵〟が入ってこないよう、いつでも戦闘態勢を保つことを心がけていたわけです。

その後、文革時代が終わると、「改革開放」という政策が多少は効いて、大学に行けるようになりました。おかげで日本の推理小説も、映画も入ってきて、私のような人間が何もわからないまま、日本に来ることもできたわけです。

本当に、ドアがほんの少し開いただけ。でも、そのドアが開いたスキに急いで逃げ出す。私たちは皆、本当にそんな感じだったんです。

このように八〇年代、中曽根康弘政権による「留学生一〇万人計画」の効果もあって、中国からの留学生は一気に増えました。ところが、一九八九年の天安門事件により、失意のようなムードは海外でも漂ったわけです。

劉燕子　日本政府が中国に対して宥和《ゆうわ》的な方針をとったため、民主化運動に参加した学生たちの一部は欧米に行かざるをえませんでした。「自由」や「民主」を掲げてはいるが、どうせ助けてはもらえないと感じたからでしょう。

楊逸　その一方で、中国や欧米の学者、日本の学者たちは、「中国で中産階級が一定人数まで増えれば、おのずと民主化していく」という見通しも語っていました。

その期待は、間違いなく私にもありました。今となっては、鄧小平が後ろで動いて「こういうふうに言えよ」と工作したという説もあります。

いずれにしても、その見通しは現段階では成立していないどころか、まったく望みはありません。だまされた気分です。民主化論には完全に幻滅しました。とりわけ今、中国はあんな全体主義社会となってしまいましたから。

私は、劉さんのように先見の明のある人間ではないですし、いつも結果を見てからいろいろ気づくわけですね。天皇が中国を訪問したとか、中国経済が少しずつ回復するとか、いろんなことが起こるなかで、かすかな期待というものはやっぱりもっていました。

一定人数の中産階級をいかに増やすかというのは、欧米など他の民主国家も歩んできた道だと言われると、そうかなあと思う。

もちろん、あんなに貧しくて、あれだけ共産党に抑圧されてきた国家が、ある日、一気に民主政治に変わるというのは、それこそ不可能なんだろうな、というのはわかっていました。ただ、やっぱり先に挙げたような学者たちの言葉を信じていたんですね。段階を踏んで、少しずつ進んでいかなきゃならないし、そうすれば状況もきっとよくなると、当時の私は思っていたんです。

ですから私は、日本の文化人や学者を責めるという立場にないし、責めたくもない。いくら知識があっても、彼らにだって限界がある。私だって中国人のひとりとして、そういう期待をもっていたんですから。

鄧小平も「政治は棚上げして、経済だけ先に発展させよう」という政策をとりました。そうなると、やっぱり信じたい、というか、信じてしまったわけです。

経済面では改革開放もしたし、一部だけれども文化的な〝鎖国〟も扉が開いた。中国以外に目を転じると、共産主義ではないけれど、軍事国家だった韓国も、台湾も、経済的に豊かになって、その結果、民主化されたわけですし……。

唯一、勝ったのは中国共産党という恐ろしい現状

楊逸　ただ、今になって考えてみると、はなから「神話」を作られて、それに乗せられていたということなんですね。

私には判断の基となる経験がない。だから、共産主義が悪いということも、今になってこうして話せるわけで、もし私が魯迅の世代の人間だったら、どうか。魯迅なら「お前らが来たから、私はまた逃亡しなきゃならない」と言えたわけですが、私にはそんな先見の明はありません。

そのとき、そのときのニュースを見て、あるいは学者のいろいろな学説などを読みながら、「それなら、希望があるじゃない！」と。これで社会がよくなれば、豊かになればと期待していましたし……。

たぶん、日本もそう期待したんでしょう。だからこそ、中曽根首相も中国人留学生が一〇万人も日本に来れば民主化の思想を学んで中国はもっとよくなると考え、そうした政策をとったのではないでしょうか。日本からの投資も同じ発想だと思います。投資をしたら

中国はどんどん豊かになり、一定数の中産階級が増えれば、いずれ私たちと同じ民主主義の国になるだろうと。

私が今になって思うのは、欧米諸国は自分たちの制度に過度の自信をもっていたということ。民主主義は、これほどまでに魅力ある制度なのだから、あえて独裁政治を選ぶ国民なんているはずない。留学生や旅行者が、私たちのこの素晴らしい社会を見れば、間違いなく憧れて、中国に戻ったら国を変えてくれるはずだと。

日本も含めて西側諸国の政治家たちは、絶対にそう考えていたと思います。政界のみならず財界の人たちも、みんなそう考えていた。なぜなら、今の独裁を予見できていたら、中国に投資するはずないじゃないですか。

劉さんがあんなに叫んでいたのに、「あまり聞きたくない、耳を傾けたくない」という態度を日本人が示していたのは、先見の明がないからですよね。今、私が思うのは、劉さんはこんなに早く見通していたんだと。それには、もう本当に敬意を払います。

劉燕子　恐縮のひと言です。ただ私も「先見の明」などはもっておらず「先見の暗」、あるいはせいぜい「先見の後づけ」くらいですが……。

いずれにせよ、この二十数年間、私の友人たちは大変な目にあってきました。劉暁波のように声を上げたせいで、事実上、獄死という形で命を奪われる。法学者の王怡《ワンイー》のように投獄される。作家の廖亦武や余杰《ユウチェ》のように亡命する。あるいはツェリン・オーセルのように海外の賞を受賞したにもかかわらず、「我が国のイメージを損なう」という理由で出国を禁止されるなどなど、気持ちがふさぎ込むばかりです。

ですが、現状を発信していくしかありません。

楊逸　私は、日々いろんな出来事があって、他人を鏡にして、反省しながら、少しずつ真実がわかってきました。今の結果は、大部分の中国人の失敗であり、大部分の外国の政治家、学者、文化人、財界人の失敗なんだということが。唯一、勝ったのは中国共産党です。共産党にうまく言いくるめられたままここまで来たため、習近平が好き放題できる素地ができてしまった。その結果が現状なのでしょう。

劉燕子　本当にそうですね。

「知」は民の力、「無知」は権力者にとって最高の力

楊逸　私もようやくそうした事態に気づきましたし、日本でも多くの人は気づき始めてき

ていると思います。ですから、今から行動しても遅いということはないと思いますね。

井上靖を代表とする日本の「進歩的文化人」の行動に関しても、私自身は井上靖のことを評価しています。彼の『敦煌』を読んで感化され、私も敦煌に行って、彼が泊まったホテルに泊まったりしましたから。

ある時代を生きる文化人というのは、その時代の視点や考え方に、どうしても制約されてしまいます。彼らも、今の共産党一党独裁の中国になるよう、意図してかつての中国を応援したわけではないでしょう。だから、ここから学べることは、学者や政治家たちの言うことを盲信してはいけないということだと思います。

では、政治家や学者が言っているウソを、我々一般人が見破るという知恵は、どこにあるのか。そこが問題なんですね。一番の悪は、政治家がとりわけそうですが、わかっていながらやるという連中です。こうした人たちは悪党であり論外なのは、言うまでもありません。

むしろ井上靖たちは、企んだわけではなくて、知らず知らずのうちに「共犯者」にされてしまったのです。まさに莫言が『酒国』で描いてみせた世界と同じで、「オレは正義のために調査に行く！」という人を迎え入れて、いとも簡単に共犯にしてしまう、その怖さなんです。そういう意味では、私ももしかすると、劉さんが批判したい人のひとりなのかもしれません。

私には、悪を見抜く知恵がなくて、うっかり「共犯」にさせられていた。最初から共産党の本質を見破っている人からしたら、「お前らは、なんでアイツらに協力したのか」と思われても仕方ありません。

私のような普通の中国人は、悔しいけれど、共産党のウソを見破るという、その知恵がないまま今に至ってしまいました。でも、遅まきながら気づいたのです。

さらには、気づいたにもかかわらず行動に出ないというのは、それはまた、ひとつの「罪」といえるでしょう。だから、事あるごとに、「この中国共産党の恐ろしさこそ、どうにかしなければならない」と呼び掛ける。これが今の私の気持ちであり、義務なのです。

劉燕子　いやいや、私の中国共産党批判だって「後知恵」です。

先ほど話したように、祖父や父が文革でひどいめにあっているのに、少女時代の私は中国共産党が指導する振りつけのまま踊っていて、彼らの本質にはまったく気づいていませんでした。楊さんと同じで、私も中国共産党の「共犯者」にされてしまっていたんですね。

ジョージ・オーウェルの小説『１９８４』で描かれているように、「無知」は権力者にとって最高の力になります。中国の人々はみんな、共産党によって無知にされ、隷属させられてきたのです。

楊さんが言うように、発言しないと「共犯者」になってしまいます。私も、これは問題だと考え、細々とではありますが、中国で声を奪われた作家たちを日本に紹介しているのです。作家にとって声を奪われるということは、身体の自由を奪われるのに勝るとも劣らない苦痛ですから。

と同時に、そうするのは、間違った方向へと向かっている母国を批判したいからだけでなく、今、日本と中国のあいだに挟まれて生活している私自身、日本のためにもなると思っているからなのです。日本には、もっといい民主主義国になってほしい。そう心から思っているのです。

ただし、文学には昔ほど影響力はありません。正直言って、本がさっぱり売れなくて、ときどきむなしくなるときがありますけれど（笑）。

私が習近平を「敵」と断じた本当の理由

劉燕子　ところで、最近ある大学でちょっとした集まりがあって、楊さんの『わが敵「習近平」』（飛鳥新社、二〇二〇年）が話題になりました。「これまで彼女は全然そういった発言をしなかったのに、なぜ今になって、いきなりこんな過激なことを語り出したのでしょう？」と、不思議がっていました。

楊逸　そう。私も急に覚醒したんです。気づいたら、言葉に出して話さないといけない。呼び掛けないといけないと。

それにひきかえ、劉さんは長いこと、地道に努力して警鐘を鳴らしつづけてきています。そのおかげで目が覚めた人、気づいた人は絶対にいるはずです。げんに、今の私もそのひとりと言えるでしょう。

だから、さらに声を少しずつ大きくしていくよう、おたがいに努力しないと。大事なのは、いかに人に真実を伝えるか。本が売れないから発言してもむなしいというのもわからないわけではないですが、それよりもむしろ、本が売れないからこそ、声をもっと大きくしなきゃならないという考え方のほうが大事じゃないかしら。
私も、これまでに気づいていなかったことに急に目が覚めて、これは言わないと、呼び掛けしなきゃと始めたわけですから。本番はこれからですよ。

劉燕子　そう、本当にそのとおりですね。約一〇年前、中国ウォッチャーとして知られる四川省出身で二〇〇七年に日本に帰化した石平《せきへい》さんと、『反旗 中国共産党と闘う志士たち』（扶桑社、二〇一二年）という本を出しました。そのとき、日本のリベラル派、いわゆる「進歩的知識人」から、ものすごいバッシングにあったんです。

「石平だったら反中の確信犯だから当たり前だが、劉燕子もついにそうなったか」と。

『わが敵「習近平」』を出した楊さんも、似たような目にあっているんじゃないですか。

なにも私は、日本の文化人にただ単に文句を言いたいがために批判しているわけではありません。また「批判」を売り物にしているわけでもありません。自分自身、長い長いプロセスのなかで、DNAのなかにまで入り込んでいる毒素を少しずつ取り去っていきながら、共産中国と日本の関係、日本の文化人との関係はどうなってきたか、気がついたこと、わかったことを、一〇年以上前から微弱な声で発言してきたんです。

日本人における変化がようやく現われるようになったのは、二〇一〇年、尖閣諸島沖で操業中だった中国漁船が、それを取り締まろうとした日本の海上保安庁の船にぶつかってきた事件が起きてからではないでしょうか。

おかげで、たくさんの日本の気骨ある文学者や研究者と付き合ううちに、徐々に、私自身にも「後知恵」がついてきました。

読者からは、「チベットと言ったら香港、香港と言ったら次はウイグル。劉燕子についていくのは大変よ」と言われます（笑）。繰り返しになりますが、決して私自身は先覚者ではありません。普遍的なものは何か。文学の力はどこにあるのか。そう自分自身に問い詰めつづけて、ここまで来ただけなのです。

楊逸　たしかに、以前に比べると今は、中国の実態についてずいぶん理解しやすくなりました。「中国の脅威」というものが、つまり共産主義は悪魔的な政治なんだということが、はっきり目に見えるようになったからです。

私に言わせると、中国を内部から民主化していくのは絵空事。そんな夢みたいなことは不可能だから、もはや共産主義というものを壊すしか選択肢はない。ここ一〇〇年間、中国共産党はどうにか生きつづけて怪物化してきたけれども、そろそろ寿命です。しかし、寿命だからと傍観していてもいけない。私たちの努力で、微力ながら共産主義を根絶やしにするような世論を醸成していかなければならないと思うんです。

批判するだけなら、これほどたやすいことはありません。そうではなく、いかに働きかけるかがすごく重要なのです。たぶん日本の文化人でも、学者でも、現実に気づいている人が少しずつ増えてきている。劉さん、これからです。この本はそのスタートです。

一条の光明は村上春樹のエルサレム・スピーチ

劉燕子 たしかに、そうですね。

これからもずっと微弱な声を出しつづけていきたいと思いますが、実は光明もあります。それも、この日本から発している一筋の光明です。その答えは村上春樹です。なぜ彼は中国で読まれているのか。どう読まれているのか。

実は、中国でよく知られている村上春樹の言葉は、彼のエルサレムでのスピーチです。

楊逸 「卵と壁」(『村上春樹 雑文集』新潮社、二〇一五年)ですね。『海辺のカフカ』でもなく『1Q84』でもなく。

劉燕子 そうです。中国では村上作品の内容について語られることはあまりなくて、もっぱらイスラエルでのスピーチに関心が寄せられています。

劉暁波が亡くなったあとから現在まで、彼の妻の劉霞《りゅうか》はドイツに亡命しています。彼女が亡命後、一度、大阪に来たことがあり、そのときにいろいろと話を聞きました。彼女は日本文学を読んでいて、よく村上春樹を引用します。

一番のお気に入りは、エルサレムの演説の次の部分です。

「もしここに硬い大きな壁があり、そこにぶつかって割れる卵があったとしたら、私は常に卵の側に立ちます」

これが逆境に立つ中国人の心に、強く、深く響いているのではないかと思います。

楊逸　たしかに中国は一筋縄ではいかないひどい国ですが、その〝悪の本質〟は背後にある共産主義です。習近平政権が終わればいいという問題ではありません。だからこそ今、中国共産党の一〇〇年をいかに振り返るかが重要なのです。

共産党の本質は、かなり前からはっきりわかっていた。彼らは何も隠していたわけじゃない。暴力革命、独裁専制、全体主義をあからさまにアピールし、なおかつその上に中国の残酷な独裁者たちが君臨してきたわけです。

その根本にあるのは、レーニンの「外部注入論」です。要するに、人は外から変えられる、洗脳できるという理論です。それが見事に成功して、七〇年以上、中国共産党は天下を取りつづけ、人々を抑圧しつづけたのです。

この一〇〇年の歴史をたどっていけば行き着くのは毛沢東ですし、彼の手法が悪辣だったというのは間違いありません。しかし、さらにその大元の共産主義、それ自体こそが悪の源流だったのです。

共産主義とは、いわば悪魔を入れられる〝容器〟にたとえられるでしょう。もちろん毛沢東のことですから、そうした容器がなければ、また別の容器を持ってきたかもしれません。今の習近平も一緒のこと。習近平体制が終わればそれでいいわけではないのです。大元の本質的なことを見抜き、それをなきものにしていかないといけません。つまり、いかにして共産主義をこの地球上から除去してやるかなんですね、大事なのは。

そこで気がかりなのは、二〇二〇年のアメリカ大統領選挙の過程で見られたように、西側自由主義国の代表であるアメリカが、実は少しずつ共産主義化してきているのに、そこにみんなが気づいていないことです。

たとえば、アメリカ大統領選と並行して、アンチ・ファシズムを意味する「アンティファ」や、黒人差別撤廃を訴える「ブラック・ライブス・マター」が全米を席巻しました。

反ファシズム、反人種差別自体は無論、間違ったことではありません。

問題は、〝主張〟ではなくその行動。自分たちの意見を主張するだけにとどまらず、暴力を振るう。放火する。あまつさえ宝石店を襲って強盗する……。

こうした暴力を必ずともなう〝運動〟を一番得意としてきたのは誰か。それは、この本でも何度も触れたように、言うまでもなく中国共産党です。人種差別反対を口実に自分たちの得意技、すなわち社会の分断をもたらす暴力革命を正当化する。この正当化もまた、中国共産党の十八番であることも、すでに説明済みです。

ところが、報道ではそうしたことは一切触れられず、差別のために立ち上がるのはいいことだ、ということばかりクローズアップされます。

日本の知識人たちが抱く「共産主義国家は地球上にほとんど残っていない。もちろん日本は大丈夫」とする考え方も危険です。実は、危機は内部にある。私が見るに、今の日本は共産主義による浸透が顕著です。

たとえば、中国共産党は工作員を在日華人の「同郷会」などに送り込み、会員のふりをさせながらスパイ活動、分断活動にあたらせています。

私が『わが敵「習近平」』を出したあとのこと。なぜか取材も終わっていたにもかかわらず、私が出るはずだった記事が立て続けにキャンセルされました。「すみません、とにかく掲載できません」という感じです。ほかにも、友人だと思っていた人物から、「何の根拠があってこんな本を書いたんだ」と詰問されたり……。

日本はよく「スパイ天国」と言われるように、とにかく他国の工作員が活動しやすい国です。中国共産党は当然、そのことを知っているからスパイをどんどん送り込んでくる。そして今の中国に反対の立場の人物が活動しづらくなるよう、あの手この手で分断活動を行います。まさに「サイレント・インベーション」、つまり「静かなる侵略」が日々進んでいる。そうした危機に気づかなければいけないのです。

顔にぷつっとできたものはニキビ。でも、首にできたものは、違う形をしているからニキビではないとするのは誤りです。デキモノは形や色を変えて出てきます。そうして、いつの間にか体中にはびこるのです。ちょっと、過激すぎな言い方かもしれませんが、そうした悪性のデキモノの危険性を、常に問いつづけなければならないと思います。

第四章

「悪の本質」が世界を蝕むとき

共産主義
100年の“誤読”

本章のキーブック

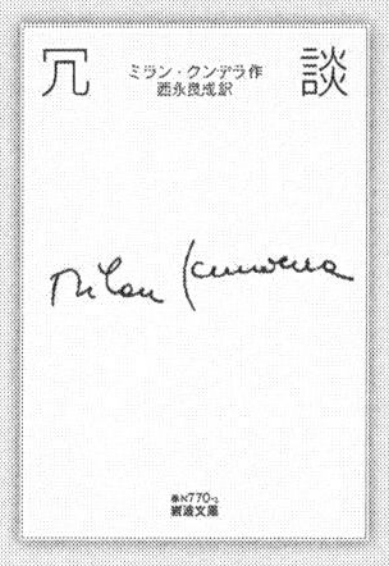

『冗談』
ミラン・クンデラ

『誰がために鐘は鳴る』
アーネスト・ヘミングウェイ

『1984』
ジョージ・オーウェル

中国のみならず世界中で進む『1984』化という現実

小説の主人公と同じ過ちを犯した私の父

劉燕子　ここまで中国の政治、文化、そして日本の文学や知識人、そして日中関係について話してきました。もちろん、中国共産党創設以来一〇〇年におよぶ苦難の歴史は、欧米との関係、相互作用にも色濃く影響を受けています。東西冷戦のあいだもです。

そこで、最初に見ていきたいのが、今の中国のディストピア状態を見事に予言し、描き出したジョージ・オーウェルです。

オーウェルは一九〇三年、イギリス植民地時代のインド生まれ。最下層の人々にシンパシーを感じ、彼らの生活のルポを書いていました。やがて一九三六年、フランコ将軍率いる右派の反乱軍と左派の人民戦線政府が相争うスペイン内戦が勃発すると、反ファシズムの義勇兵の一員として、戦いに参加します。

やがて、人民戦線を支援したソ連による共産主義の偽善性を見抜いたオーウェルは、反ファシズムから反共産主義、反全体主義へと転じ、有名な『動物農場』（山形浩生訳、早川書房、二〇一七年）や『１９８４』を書き上げたのです。

そのためオーウェルは、中国を含む共産主義社会の恐ろしさを先取りした作家として認識されてきました。たしかに、こうした評価がおなじみかもしれませんが、ともするとその視点はステレオタイプかもしれません。

『１９８４』は今まで中国語でしか読んでなかったので、楊さんとの対談のためにもう一回、日本語で読み直してみました。そして、この本でもところどころで触れてきた私の家族を襲った体験と照らし合わせて、改めて、中国はまさにこの『１９８４』そのものだと戦慄を覚えたんですね。

小説の舞台はタイトルどおり一九八四年。一九五〇年代に起きた第三次世界大戦による核戦争を経て、世界はオセアニア、ユーラシア、イースタシアの三つの超大国に分かれてたがいに相争っています。主人公は、その三国のうちオセアニアに住むウィンストン・スミスという三九歳の役人です。

オセアニアでは、「ニュースピーク」という法律で言葉の意味を制限し、さらに言葉の使用を統制しています。また、市民は「テレスクリーン」という双方向テレビや監視マイクによって四六時中、どこにいても行動が当局によって監視されているんですね。

主人公のスミスは、最初は従順に暮らしていますが、仕事である歴史の改ざんを行ううちに、体制に対して疑問を抱き、しかも禁じられている自由恋愛までしてしまいます。しかし、そのことが明るみに出て思想警察に逮捕され、最後はオセアニアの独裁者であるビッグ・ブラザー率いる党の思想に忠誠を誓う。これが大まかなストーリーです。

スミスが犯した大きな〝罪〟は、歴史の改ざんを繰り返しているうちに現状に疑問を抱き、テレスクリーンから見えない場所でひそかに日記をつけてしまったこと。実は、これは私の父親の体験そのものです。

前にも少し触れましたが、父は日記をつける習慣があり、そこに共産党に対する不満なども書いていたんです。

楊逸　そうでしたね。なんて危ないことを（笑）。

劉燕子　そうなんです。まさに、非常に危ないことなんです。その日記の中身が問題にされ、北京大学入学一年後に、「準右派分子」とされて、党籍も学籍もはく奪されて、江西省で鉱山労働者の生活を送ることになりました。

さらに、『1984』では、主人公のスミスが党のために子どもを作らないという禁欲的な生活を送っていましたが、これもまた私の両親と同じだということは、第二章で説明したとおりです。父が下放されていたため、両親はずっと離れ離れの生活で、年に一回しか会えない。しかも会えるのは、国の規定で有給休暇を取れる一二日間だけ。そのおかげで私が生まれたんですが（笑）。

『1984』という小説のなかにせよ、中国という現実社会においてにせよ、これほどまでに肉体と思想を禁欲的に縛られる生活など、日本人には絶対に想像できないでしょう。それでもスミスは、小説の最後で独裁者を象徴する「ビッグ・ブラザー」を愛するようになってしまうのです。

これには戦慄するばかりです。

「日本では気をつけて。手を洗う方法を教えるよ」

劉燕子　現在、今回のコロナ禍の対応をめぐり、中国では「ああ、やっぱり共産党が一番よかった」という感じになっています。
「共産党は、ちゃんとコロナを抑え込んでいるじゃないか」
「アメリカを見てみろ。六〇万人も死んでいる。日本も見てみろ、全然抑え込めていないじゃないか」と。

この一、二年ほどで、今まで現政権にちょっとだけ不満だった人も、共産党統治に一定の信頼を抱いてきているようなのです。中国のSNSであるウィーチャットでも、知人が私に「日本では気をつけて。手を洗う方法を教えるよ」とメッセージを送ってきます。どうも、日本人がキレイ好きであることが、よくわかっていないようですね（笑）。

そうした風潮が高じて、今の中国は「民主主義はよくない。やっぱり共産党の統治のほうがいい」という社会的な雰囲気になっています。逆に言うと、このコロナ禍で批判精神のある人がますます減ってきている気もしますね。

中国共産党は、一九四九年の建国以来、「反右派闘争」や「反革命鎮圧」といったように、さまざまな政治キャンペーンをやってきました。それらは党の〝正史〟だから、一般の人々は、その裏で起こった「大飢饉」で数千万人もの人たちが亡くなったことについては、まったく知らされていません。

今の若い留学生に、こんな話をしてみても容易には信じないんです。

「数千万人が餓死したのに、なぜ私は今ここで生きているのか」

「数千万人死んだ証拠を見せてくれ」

こんな感じになるんですね。

それもこれも、共産党が都合の悪い歴史をすべて抹殺したからです。洗脳というものは、一世代だけの話ではありません。親の世代、我々自身の世代、そのまた次の世代というように、そこまで魂を統制しつづけられる。これが、すごいところなのです。文学というものは本来、全体主義や独裁に対抗する有力な手段ですが……。長い歴史のスパンで見ないと、いけないのかもしれません。

『1984』をめぐる中国人の数奇な運命

楊逸　たしかに、『1984』にしても『動物農場』にしても、オーウェルのメディア性はすごく高い。オーウェルの先見的な鋭い視線、これは高く評価しないといけないでしょう。その優れた予見性で、ひとつの現象から何を見透かしたのか。全体主義による抑圧の真の姿を、独特の手法でまざまざと見せてくれているわけです。だから今になっても、内容が全然古くない。真実を言い当てています。

劉燕子　中国の作家たちも、そうしたオーウェルの視点から強く影響を受けています。『1984』が発表された一九四九年は、奇《く》しくも新中国が成立した年でもあります。そこで多くの中国出身の知識人が、西洋列強により半植民地化されたという屈辱の経験や、共産主義に見出した理想と期待を抱いて、欧米から香港に入り、国家の基本方針を議論するという「全国政治協商会議」に合わせて北京に「北上」しました。

英米文学者の巫寧坤《ウーニンクン》は、一九四六年にアメリカに留学し、シカゴ大学などで学びます。そして一九五一年に帰国した際、『1984』を持ち帰ると、彼は燕京《イエンジン》大学英文科の教員となり、『1984』をテキストに使いました。ちなみに燕京大学は、英米系のミッションスクールという理由で、一九五二年の教育再編で廃止されます。

一九五七年、巫は反右派闘争で「極右分子」とされ、翌五八年、北京の監獄に投獄され、「労働教養」処分を受けてしまいました。

さらに六六年に文革が始まると、彼は再びさまざまな迫害を受けます。その後、七九年に名誉回復し、八〇年に渡米。九三年にニューヨークで『A Single Tears（一滴の涙）』を上梓しました。これは苦痛に満ちた日々の回想録です。

また、『1984』を中国語に翻訳した董楽山《ドンルーシャン》は、一九四六年に上海の聖ヨハネ大学英文学科を卒業後、国営通信社である新華社に入社し翻訳者になりました。ところが五七年に、やはり反右派闘争で「右派分子」とされてしまいます。

その後、文革が起きた際には北京第二外国語大学の教員を務めていましたが、このときもたびたび迫害を受けました。

やがて文革が終了した七〇年代後半、董は入手した『1984』をようやく翻訳し、「内部発行」として出版します。ちなみに「内部発行」とは、先述した三島由紀夫の本が指定された「灰皮書」など、基本的には海外の文化の研究ために発行された書籍の総称のこと。

そして、八八年に中国語版『1984』が「公開発行」されたのです。

董楽山はそれ以降、多くの翻訳書を出版。晩年に「二〇世紀は暗黒、恐怖、殺人と専制の世紀。一生の理想は水の泡となった。血と涙と屍が積み上げられた歴史」と、それまでの時代を語っています。さらに死ぬ前に、息子に「私の遺骨は必ず中国から持ち出してくれ。全体主義の怖さが身にしみてわかっているから」と遺言を残したのです。結局、その遺骨はカリフォルニアの墓地に埋葬されました。

一方、一九八〇年、先述の内部発行の『1984』に注目したのが、当時、中国人民大学の学生だった王小波です。彼は次のように語っていました。

「『1984』はディストピア小説だが、我が国の歴史はそれを絶えず繰り返し、根本的に変わっていない」

「私の精神世界は『1984』に啓蒙された」

第二章で紹介した『一匹の独立独歩の豚』は、オーウェルの『動物農場』からヒントや発想を得ているといいます。そして、同じく彼の『白銀時代』や未完の作品『黒鉄時代』（未邦訳）は、まさに『1984』を踏まえているというわけです。

このように、オーウェルの作品は多くの中国人作家たちの運命、人生に大きな影響を与えていました。

ものの見事に文学を消し去ったキューバ

楊逸　そうですね。ただし、そもそも中国当局がオーウェルを容認したのは、中国独特の事情があります。一九四九年の新中国建国から、その後の文革まで、常に毛沢東は反対派を徹底的に粛清しました。まさに恐怖政治ですね。

その後、鄧小平の時代になると、改革開放路線をとるとともに、毛沢東の文革路線を反省します。ここで重要なのは、あくまで「反省」であって「批判」ではないということ。実際には批判なわけですが、共産党はそうは言わない。反省する姿を見せて、文革で共産党に絶望した人たちの心を取り戻そうとしたわけです。

すると思惑通り人々は、党の反省する姿を見て、また期待します。そうした政治志向のなかで、文学にも少しずつ隙間を与えましょうとなって、オーウェルも翻訳されたのです。党は危うくなっても自己修正する能力があると見せつけた形になりました。なかなかに懐が深いと言えるでしょう。

もう一方で、オーウェルの〝毒気〟に国民がまったく反応しない体制になっていれば、オーウェルの翻訳を認めてもかまわないという恐ろしい現実も見なければなりません。

先述したように、私は二〇一六年、アメリカのオバマ大統領がキューバを訪問し国交回復した直後に、取材でキューバに行きました。そのとき、実に貴重な体験をしたのです。

街の本屋に行ったときのこと。「文芸誌を一冊買いたい」と言ったところ、お店の人の返事は「ない」。「じゃあ最近の売れている作家の短編集は？」とたずねると、倉庫中を散々ひっくり返した挙句、一九八六年頃に出版された作家たちのアンソロジーを、二十数年経って再販したものを、一冊探し出してくれました。

「これは何？　小説ですか？」と聞いたら、「エッセイ集。小説じゃない」。

「じゃあ小説は？」と何度も聞いたのですが「ない」の一点張り。

ふと見ると、キレイに装丁された作品が何冊か並んでいるので、「これは誰が書いたの？」と聞いたら、「これはキューバ革命の歴史で、キューバで一番有名な作家です」と。

キューバには、革命賛美の作家が書いた歴史書はあっても、小説も小説家も、もうとっくに失われていました。実際、八〇年代から今日まで文学作品は一冊も出ていません。

文芸誌もないし、小説を書く作家もいない。ここ二〇年、三〇年で、キューバはものの

ハバナの書店にて。あるのはキューバ革命を礼賛する「歴史書」ばかりで、ものの見事に文学が消去されていた。（楊逸）

第四章

「悪の本質」が世界を蝕むとき

共産主義100年の“誤読”

見事に文学を消し去ってしまったのです。

それでも疑い深い私は、バスのガイドさん――たぶん共産党の支部が送り込んだ監視役みたいな人――は、日本語がしゃべれる人だったので聞いてみたんです。

「最近の有名な作家さんの有名な小説を、一冊教えてください」

すると答えは、やはり「ない」。その理由をたずねると次のように教えてくれました。

「キューバでは、紙が貴重品なんです。小学校や中学校の教科書すら一〇年前のものを使い回している。小説を印刷するような紙なんてあるわけないですよ」

たしかに、それもひとつの理由なのかもしれません。中国の『人民日報』と同じような『グランマ』という党機関紙があるのですが、朝早く買いにいかないとすぐ売り切れてしまうというありさまだったのです。

そこで私はガイドさんに、別の質問をしました。

「じゃあ、あなた、最近買った小説とかありますか？」

すると意外な答えが返ってきます。

「あるよ」

「いつ買ったの？」

「今年のお正月」

「なんと最近じゃないですか。すぐに私は「何を買ったの?」と聞いたところ、返ってきた答えに腰を抜かすほど驚きました。

「ジョージ・オーウェルの『1984』です」

なんでもキューバで出版されるのは初めてのことで、初版限定で一万部を刷ったところ、発売初日に書店には大行列ができたというくらい、大変に貴重な書籍だったようです。

そのガイドは「オレは早くに行って、一冊手に入れたんだ!」と自慢げでしたが、「読んだの?」と聞いたところ「記念だから、まだ読んでない」。

「どうしてキューバは『1984』を翻訳する気になったのかしら?」と質問してみると、こんなふうに教えてくれました。

「翻訳なんてしていないよ。スペインから持ってくればいいんだからさ」

劉燕子 言語が同じスペイン語ですからね。

楊逸 そうです。それを聞いて、キューバに来た甲斐があったなぁと思いました(笑)。

ソ連崩壊後も共産中国がしぶとく生き残っている理由

劉燕子　中国も、楊さんが体験されたキューバと同じかもしれませんね。オーウェルの『1984』だけでなく『動物農場』も読めるのに、当の中国人たちは「自分たちのことだ」とは思っていないのですから。

楊逸　ある種、開き直っているところがあるのです。要するに、裸の王様の寓話と一緒。本当は裸なのに、「その洋服、きれい！」とみんなに言われると、それなりに洋服を着た感じに気取る。だけど、ひとたびバレて「実は、これは裸なんだよ」と指摘されると、今度は開き直る。「こういうモンだからさ。それで何？」と。

劉さんは先ほど、王小波の『一匹の独立独歩の豚』は、オーウェルの『動物農場』を下敷きにしていると指摘されました。ところが、皮肉なことに王小波の読者である中国人たちは「独立独歩の豚」ではないので、その本当の意味を読み取れないのです。「ここに登場する動物はあなたたち、そして農場は中国社会そのものなんだよ」と、教えたところで、キョトンとされるだけでしょう。

劉燕子　ええ。だから当局の自信は、どんどん強まってしまうわけです。

もちろん、オーウェルも外国作家として当局からの許可が下りたので翻訳されています。でもその許可された作家群のなかに、たとえば第三章で紹介したツェリン・オーセルは含まれていません。もっと極端な例を挙げれば、劉暁波がノーベル平和賞を受賞したことすら、中国では誰も知らないのです。こうした情報は、すべて国民から遮断されている。天安門事件も同様です。これだけ最近の出来事でも、全部タブーとなって、存在していないことになっているんですね。

二〇二〇年五月、一応中国の国会とされていますが、実際は共産党の方針を追認するだけ、いわゆる〝シャンシャン〟で終わる全国人民代表者会議、通称「全人代」が開かれました。そこで導入することが決まったのが、香港における言論の自由の制限を認める「国家安全法」（国安法）です。

そして、年が明けた二〇二一年一月六日、香港で国安法が定める「国家政権転覆罪」違反の容疑で、民主派の前議員など五三名が一斉に逮捕されました。ところが大陸中国では、香港のことを多少知っている人でも、むしろそれを喜んでいます。

なぜなら、今まで認められていた「一国二制度」がなくなり、「ようやく私たちと同じようになったわ」と思ったからなのです。先ほど楊さんが言われたように、「開き直っている」んですね。何が偉そうに「一国二制度」だと。

実は、それまでの香港は中国人にとって憧れの的でした。私自身、八〇年代は広東語を話せるようになりたいと思っていましたし。大陸中国の人は、大ヒットした香港のテレビドラマ『上海灘』を見て、広東語をしゃべったり、広東語で歌を歌ったりするようになったのです。広東語を話せるのは、今なら英語を話せるのと同じステータスの証しだったといえるでしょう。

当時、香港経済は中国を力強く支えていましたが、今、その力は本当に微々たるものとなってしまっています。あの頃、私の隣の家のお姉さんは、香港人と結婚しました。相手は、キンキラキンの金持ちおじさん。こうした香港の金満家との結婚は、富と自由を得たシンボルとなったのです。

ところが、この四〇年でその立場が逆転しました。逆に、「香港何するものぞ」「私たち中国は強大になったんだ」と、鼻息が荒くなるばかり。台湾に対しても、同様の傲慢な対応をするようになりました。

本来は、「知は力なり」です。国の政策や方針にいちいち影響されない、真の知識、深い教養が人間の力になるはずなのに、中国では前項で述べたとおり「無知こそ力なり」になっています。まさに、中国当局のプロパガンダは成功したのです。国民は隷属させられて、政治にはますます無関心になりつつある。これこそが、中国政府が目指したところだったのです。

楊逸　結局のところ、『1984』が人々に読まれようが何しようが、おそらく政権の危機にはまったく直結しないからこそ、野放しにしているわけです。重要なのは、ソ連が崩壊して民主化していく一方で、共産中国はしぶとく生き残っていること。そこを、反省しなければなりません。これは何を意味するのか。つまり中国共産党は、他の社会主義の国々にはなかった柔軟な姿勢があるということなのです。

ソ連およびソ連の衛星国家が全部地図の上から消え去っても、共産中国が生き延びているということは、残念ながら政権のかじ取りが成功していることの証しといえるでしょう。いまだに欧米諸国から非難の的となる一九八九年の天安門事件も、結果として巧みに乗り切ったことになるわけです。

オーウェルの『1984』はもとより『動物農場』に関しても、きちんと翻訳を許可した。七〇年代後半から八〇年代の鄧小平時代に、それまでの政治を否定することで党は活路を開いた。つまり、自分たちの過去の姿を否定してみせることで、庶民のうっぷんのはけ口を作ったのです。これも〝正当化〟の一種といえるでしょう。

その後、江沢民も経済重視の政策をとり、その一方で政治腐敗批判を展開して、うまくバランスを取っていきました。

そして習近平の時代になると、「はたして鄧小平以降の政策は正しかったのか、いや、そうじゃないでしょう」と、またもや前政権までの政策を否定したのです。貧富の差が拡大して不公平感と不平等感を抱く民衆に対して、それなりに〝見せられる姿〟を持っているということ。さらに次の政権、ポスト習近平が誕生したら、今度は習近平の政策を否定すればいい、となります。

このような感じですから、中国の権力者にしてみれば文学作品など、それほど気にする必要などありません。一般の人々は、もう奴隷でいることに慣れているわけですから。ブタだらけの檻のなかで、みんな飼い慣らされている。「おいおい。よく考えたらオレたちも『1984』になっているじゃないか。みんなで戦おうよ」というブタはいない。いや、要するに今の中国には、イノシシがいないのです。

劉燕子　イノシシも少ないなりにいたのですが、飼い慣らされたり、檻の外へと追い出されたりしてしまいましたね。

今、ブタに求められている正面から敵に向かう気概

楊逸　体制に反対する人間がひとりやふたりなら、劉暁波みたいに抹殺してしまえばいい。いつでも始末できるので、その程度ならどうってことはない。それが、党の本音でしょう。ですから、文化人や知識人が党を批判するなら、その本質的な部分をつかんでやらないとダメ。今、海外にいる中国の知識人たちは、中国の後ろ姿を追っかけながら批判しているように見えます。中国共産党政府の、その「醜い後ろ姿」は誰にでもわかっているわけで、そこに批判の石を投げたところで何の意味もありません。

肝心なのは後ろ姿じゃなくて、正面から向き合い敵の急所をひとつずつとらえて反撃すること。それこそ、「死ね！」という勢いでぶん殴るくらいじゃないと。もはや、そういう時期に来ていると私は考えています。

こうした共産主義国家、独裁強権政治は、亡命作家をたくさん生んでいます。それらは、メイド・イン・チャイナというシールを貼られたひとつの〝商品〟として、海外に輸出さ

れているのです。

で、彼らが外国で何をやっているかというと、下手くそな絵で、中国独裁政治の「後ろ姿」を描いてみせるだけ。しかも、それは海外の〝顧客〟の注文に従って描いたものであって、中国国内にいる人たちに見せるものではありません。

亡命作家になり相手の後ろ姿を見て、「あんたたちは汚いし醜い」と言うのではなく、オーウェルのように、その本当の顔を正面に回り込んで描くか、あるいはもっと真実を訴える強い力、気概などを描く。文学にしかない力というのは絶対にあるから、私もそこを模索しているわけです。

劉燕子　亡命作家たちが扱っているテーマは、当然のことながらたしかに中国です。でも私は、どうも中国政府が彼らを意図的に作り出しているとまでは思えないのですが……。

楊逸　そうは言っていません。私が強調したいのは、中国共産党による文化面での〝浸透〟なのです。

私の知り合いのある有名な芸術家によると、自分の作品の一番のバイヤーは中国人なんだそうです。そのため、ほぼ毎年、中国で個展を開いていると言います。資金の確保という面でも、中国での活動は外すわけにはいかないということなのです。

私が言った策略とはこういうこと。中国の影響力というのは、水みたいにどこにでも浸透していっているわけです。そこで、中国の勢力、言い換えるなら共産党の〝毒〟に、どう対応するかが問題になるわけですね。中国共産党ができて一〇〇年、今、私たちはどうすべきなのか、真剣に考えなければならないのです。

劉燕子　なるほど。いくら知恵があっても、共産党の悪知恵に勝るものはないですね。

楊逸　今の中国人は奴隷化されていて、中国にはもうブタしかいない。海外にいる中国人も、私を含めてブタはブタなんです。だから、質的な飛躍を遂げるというのは、正直無理なことでしょう。

私は二〇一九年、一一年ぶりに北京を訪れました。そこで見たのは、柱という柱にまるでガン細胞のように付着している無数の監視カメラ。さらに、どの道も鉄柵で何重にも区切られ、街角には警察車両が止まり、特殊警察部隊、公安、武警など、さまざまな警官が市民を見張っています。

私はホテルのスタッフに「海外の要人でも来てるんですか？」と聞いたところ、「ずっと、こんな感じですよ。あなたはいったいどれくらい北京に来ていないの？」と聞き返されてしまいました。さらに私が東京から帰ってきたことを明かしたところ、こんな返事が返ってきたのです。

「もう戻ってこないほうがいい。ここは人間が住むような街じゃないよ」

その人は、生粋の北京っ子とのこと。嘆き悲しんでいたんでしょうが、どうしようもできない無力感だけが伝わってきたのです。

また、北京にある世界屈指のレベルを誇る清華大学も訪ねました。ここは三〇年前の民主化運動の拠点のひとつだったところ。ところが、この清華大学でさえ、厳重に警備されていたのです。そこで、私は近くにいた若者にこう言いました。

「北京はバリケードと警察ばかりで不便だね」

すると、彼はこう返してきたのです。

「え、普通じゃないですか。全然気にならないよ」

まさにオーウェルが描いた全体主義に支配されたディストピア社会が、北京で実現されている。しかも、そこに暮らす人々は、もはや〝地獄〟から抜け出す力がないどころか、それをおかしいとすら思わない、とことん権力に飼い慣らされた本物のブタばかりだったのです。

しかも、中国のブタを飼い慣らす技術は、前章でも少し触れたように、すでに日本にも、そしてアメリカにも浸透してきています。ですから、まず、そうした現実をきちんと認識するところから始めなければなりません。

中国なしでは日本の経済はたちゆかない。日本は落日の国である。経済的に中国は世界で二番目、日本は三番目に落ちたじゃないか。そういう主にマスコミによる〝洗脳〟が、日本のそこかしこで行われていると思います。大多数の日本人は、「中国の観光客が来ないと、どこのお店も潰れる」と信じているかもしれません。もっとも、このコロナ禍でちょっとは目が覚めたかもしれませんが……。

成田空港や羽田空港に大きな垂れ幕をたらし、「中国人観光客熱烈歓迎」とはやしたてる。私が知る限りでは、日本の自治体、とくに地方になればなるほど、中国のマスコミ関係者を定期的に招待しているようです。ウチはこんな観光資源がある。中国人、大好きです。中国人の従業員がいるから、ぜひ来てくださいと。

こんな状況から人々を覚醒させるためにも、オーウェルのように鋭い視線で悪の根源を描き切り、それをしっかりと伝える。それが私たちも含めて、亡命作家や在外華人が、本当に今すぐすべきことなのではないでしょうか。

生前のみならず死後まで、共産党に利用されつづけたヘミングウェイ

習近平訪米が巻き起こした中国のヘミングウェイ・ブーム

楊逸　ジョージ・オーウェルと並んで、海外から中国を見る〝目〟として非常に重要だと私が思っているのが、アメリカの国民的、いやアメリカだけではない全世界的な作家、アーネスト・ヘミングウェイです。

ヘミングウェイは一八九九年生まれですから、オーウェルとほぼ同世代です。第一次世界大戦の北イタリア戦線に赤十字の一員として従軍。大戦後の一九二〇年代、カナダの地方紙の特派員としてパリに向かいます。

そこで、先の戦争で世界中の都市が破壊され、多くの命が奪われた現実を目にし、「ア

メリカン・ドリーム」に代表される、これまでの価値観に疑問を抱く「ロスト・ジェネレーション」、日本語で「失われた世代」のひとりとして、創作活動を始めました。

一九二六年、ロスト・ジェネレーションの心情を描いた『日はまた昇る』（高見浩訳、新潮社、二〇〇三年）で長編デビュー。さらに、第一次世界大戦従軍時の経験を基にした『武器よさらば』（高見浩訳、新潮社、二〇〇六年）を一九二九年に発表します。

その後一九三六年七月に、人民戦線政府と、ファシストに支持されたフランコ将軍率いる反乱軍が相争うスペイン内戦が始まると、マドリードを拠点に現地を取材。そして一九四〇年、名作『誰がために鐘は鳴る』（高見浩訳、新潮社、二〇一八年）を世に送り出します。

実は、このヘミングウェイとスペインとの関係がとても重要です。内戦に先立つ二月、スペインで共産党をはじめ社会主義勢力を中心とする連合政権、人民戦線政府が成立しました。これを援助したのが、「コミンテルン」というソ連が作った国際共産主義運動の指導組織です。

そして、このコミンテルンがお金を出して製作した映画『スペインの大地』に、ヘミングウェイも協力していました。内戦中も、彼は反ファシズムに賛同し、人民戦線側から取材をつづけます。

このように、ヘミングウェイは反ファシズム、人民政府寄りの立場に立っていたため、共産党シンパだと思われてきました。そのせいもあり、のちに彼の作品がソ連で出版され、さらに中国語にも翻訳されます。ですから、私たち世代の中国人には数少ない〝おなじみ〟のアメリカ人作家のひとりでもあったのです。

こういうと、おそらく日本の読者は意外に思われるかもしれませんが……。

劉燕子　私にとっても、ヘミングウェイはなじみのある作家でした。もっとも、『日はまた昇る』や『武器よさらば』くらいしか読んでいませんでしたが……。

ところが五年ほど前から、今や中国で最も知られる外国人作家のひとりになっています。中国共産党の党機関紙『人民日報』傘下の「人民網」をはじめ、いくつものサイトにヘミングウェイの名前がさかんに載るようになりました。

その理由は、二〇一五年に習近平が訪米したとき、シアトルでの会見において、自分がアメリカとアメリカ人に対していかに友好的であるかの証しとして、ヘミングウェイをこんなふうに引き合いに出したからです。

「ヘミングウェイの『老人と海』で描かれた暴風雨や大波に向かっていく小船、また老人と死闘を繰り広げたカジキなどが、深く印象に残っています。キューバを訪問したとき、『老

キューバ取材旅行の際に撮影した1枚。ヘミングウェイが愛し、『老人と海』の舞台となった港町コヒマルのヘミングウェイ像。港を望むようにたたずんでいる。（楊逸）

人と海』の桟橋とか、現場に行きました。二回目にキューバに行ったときには、ヘミングウェイがよく飲みに行っていたバーにも行きました。彼が愛したのと同じ飲み物、ミントと調合して氷を加えたラム酒（モヒート）を飲みました」

しかし、そのときまで私を含めて中国人は、習近平が『老人と海』の愛読者であったとはまったく知りませんでした。

中国の友邦国であるキューバを訪問したときに、ヘミングウェイゆかりの『老人と海』の桟橋に立ち寄り、ヘミングウェイ行きつけのバーで一杯やったのは事実かもしれませんが、そこは観光客なら誰もが案内される「名所」であり、またバーで勧められるのはヘミングウェイが愛した「モヒート」なので、それをもって習近平がヘミングウェイの大ファンであった証明にはなりません。明らかに、習近平の訪米を演出するための脚本があった、と考えるのが普通でしょう。

周恩来と密会し共産党の勝利を予言した〝文豪スパイ〟

楊逸　そうですね。この習近平のアメリカでのあいさつによって、中国では一大ヘミングウェイ・ブームが起きたのです。ヘミングウェイからすると、中国共産党のプロパガンダに利用されたことになり、その心中はいかばかりかと思いますが……。

私は、これに興味を覚えて、あれこれ調べてみると、面白いことがわかりました。ヘミングウェイはこのときだけでなく、実は過去にも中国共産党のプロパガンダに利用されていたのです。

中国共産党の定期刊行物に掲載された「ヘミングウェイの中国旅」という文章には、次のように記されています。

ヘミングウェイは、一九三六年に起きたスペイン内戦に参加した後、三番目の妻との新婚旅行を兼ねて、日中戦争渦中の中国を訪問。そこで周恩来と会って、一昼夜、密談し、夫婦ともにすっかり周恩来に魅せられて「彼は中国の将来の希望だ」と評価した。いっぽうで同じ訪中時にヘミングウェイは蔣介石と妻の宋美齢とも会食していたが、それはたったの三時間だった。

どうも、ヘミングウェイと周恩来が密会できたのは本当らしい。だが、「一昼夜かけての密談」が真実かどうかは疑問です。
ちなみにこの文には、密会の経緯がこう書かれています。

ヘミングウェイ夫妻が重慶に到着すると、妻のマーサは「じゃあ、私はひとりで町をぶらぶらしてきますね」と言って出かけた。繁華街をぶらついていると、ある外国人女性が、そっと寄ってきて声をかけてきた。「あなたはマーサでしょう、ヘミングウェイの奥様でしょう」。マーサが「なんで私を知る人がここにいるの?」と驚くと、その女性はドイツ人で、当時重慶に駐在していた中国共産党の秘密工作員をしていた中国人男性の妻だった。「ぜひヘミングウェイに会わせたい人がいる。周恩来です。時間をもらえますか」と言う。マーサが宿へ戻ってヘミングウェイに伝えると、興奮して「周恩来に会えるなんて、素晴らしい」と応じたため、周恩来がホテルに忍んできて、夜を徹して話し合うことになった。

ここで妻とされているマーサとヘミングウェイが結婚するのは、実際には一九四〇年のこと。ですから、厳密に言えば当時は恋人だったのですが、それはさておき、記事に出てきた外国人女性は、なぜヘミングウェイのガールフレンドであるマーサとコンタクトを取ることができたのでしょうか。実は彼女は、前に少し触れたヘミングウェイが製作に協力した映画『スペインの大地』の監督ヨリス・イヴェンスから、彼の訪中を教えてもらい、極秘に接触を図ったらしいのです。

当時、中国共産党は中国各地で武装蜂起を起こし、国民党の蔣介石と抗争中でした。「この中国共産党の戦いを世界に知らしめなければならない。共産党は素晴らしい。いずれ中国は、日本に勝利したあと、共産党政権になる」

そうヘミングウェイは周恩来に言うと、彼から資料を受け取ったというのですが、普通に考えて、ヘミングウェイがそんなふうに反応するのでしょうか。

私は疑問に思います。おそらく、これは中国共産党による「創作」なのでしょう。

その証拠に、ヘミングウェイはアメリカに戻ったあと、訪中に関して六回にわたる連載コラムを書いていますが、当時の中国国内の情勢を分析するようなもので、もちろん共産党という言葉は出てきますが、周恩来と共産党を評価する記述はありません。

開示されたヘミングウェイのさまざまなコラムなどを、日本の研究者が分析した論考があるので、私も全部読んでみました。それによると、ヘミングウェイは共産党の内情めいたものは一切書いていません。戦況、日中関係、国民党と共産党、中国情勢などの客観的な分析ばかりです。

なお、このときヘミングウェイは、アメリカのFBIかCIAからサポートを受けており、情報収集のために訪中したのではないかという説があります。のちにアメリカで機密資料が開示されました。

その資料によれば、たしかにヘミングウェイは、半ばスパイとして中国に送り込まれたようです。当時アメリカは、国民党を支援していたわけですから、このことからも、ヘミングウェイが周恩来と共産党を評価するはずがないといえるでしょう。

出版後に重慶で書かれた『誰がために鐘は鳴る』

楊逸　第二次世界大戦後、すでに東西冷戦が始まっていた一九五〇年代、アメリカでは共産主義者の勢いを脅威に考えた上院議員ジョセフ・マッカーシーを中心とする政治家たちによって、いわゆる「アカ狩り」「マッカーシズム」の嵐が吹き荒れました。その渦中において、スペイン内戦に参加していた元兵士たちや関係者たちは全員、CIAやFBIによって取り調べられたのですが、ヘミングウェイだけがそれを免れたのです。
もし中国共産党のことを褒めていたら、マッカーシズムの嵐のなかで絶対に取り調べられていたはず。だから、「『共産党は素晴らしい。いずれ中国は、日本に勝利した後、共産党政権になる』とヘミングウェイが周恩来に言った」というのは、おそらく作り話か、実際にそのように言ったとしても、せいぜいその場しのぎで口にした一種の〝リップサービス〟だったのでしょう。

劉燕子　ヘミングウェイが周恩来と会って、「国民党は絶対失敗する。共産党が勝利する」と言っていたなんて。聞いたことありませんよ（笑）。

楊逸　それはそうでしょうね（笑）。しかも、ヘミングウェイの中国革命礼賛に関するウソ、ねつ造には、まだまだつづきがあります。

中国のネットメディア「観察網」に、ある中国人作家がコラムとして次のようなことを書きました。

「ヘミングウェイは重慶に三カ月滞在し、その間に『誰がために鐘は鳴る』という作品を書いた。あの名作は、実は中国で生まれたのだ」

これは、明らかなウソ。なぜなら、そもそも彼が中国を訪問する前に、この作品はすでに発表されていたのですから（笑）。

その中国人作家はこうも書いています。重慶に行ってヘミングウェイが泊まった宿の前に立って、三階の窓を眺めて「ああ、あの名作がここで書かれたんだ」と。

さらにもうひとつ、あからさまなウソがあります。

同じ中国人作家によると、ヘミングウェイは日中戦争の最前線を訪ね歩いたとか。昼に歩き、夜は屋外で寝たと。そして、外が薄暗くなってきたとある夕暮れ、突然、ヘミングウェイ一行は日本兵と遭遇します。

その視察についてきた、共産党が手配した秘密工作員のガイドが「日本兵が来た！」と叫びます。作家だから怖気づくと思ったところ、ヘミングウェイはまったく動じないどころか、懐からナイフを持ち出すなり、「オレはイタリアの戦場で戦ってきたんだ。ひとり殺してやるよ」と言うや、日本兵を捕まえて殺してしまったというのです。

このくだりを読んで、私は笑うに笑えませんでした。

もし、ヘミングウェイがそんな大事件に遭遇していたら、絶対、連載コラムに書きますよ。作家なんですから。

劉燕子　まさにそのとおり。私もネットで見かけて本当かなと一瞬思いましたが、そんなはずあるわけないですよね。

楊逸　このように共産党のプロパガンダは徹底しています。なにしろヘミングウェイは当時からとても有名でしたから、必死に取り込もうとしたんでしょうね。

劉燕子　ヘミングウェイは、習近平の訪米のはるか八〇年以上も前に、中国共産党のプロパガンダに利用されたということになります。中国共産党は結党一〇〇年になりますが、その歴史のなかで、ヘミングウェイは生前のねつ造事件だけでなく死後も外交の〝道具〟としてプロパガンダに利用されたとは……。

魯迅とヘミングウェイの哀しい共通点

楊逸　ヘミングウェイは〝誤読〟され、その結果共産党に利用された作家という点で、魯迅ときわめて似通っているのではないか、と私には思えてなりません。

ヘミングウェイの一番誤解されやすいところは、反ファシズムと共産主義の関係です。反ファシズムだから共産主義者かというとそうではない。しかし、反ファシズムの立場をとっていたために、共産主義者だと誤解されてきたのです。そして、そこを共産主義者たちによって巧妙に利用されてきたのです。

その背景には、前述したように一九三〇年代のスペイン内戦がありました。一九三六年二月、スペインでは総選挙の結果、共和主義者、社会党、共産党の協力により人民戦線政府が成立します。農地改革やカトリック教会の特権の縮小など、過激な社会改革に取り組みますが、これに反発した大資本、地主、教会を基盤とする保守勢力が、ファシストのリーダーで亡命中のフランコ将軍を擁立。スペイン各地で反撃に出て、国内を二分する内戦が二年半近くつづいたのです。

そこへ、一九一七年に革命を起こしてから二〇年たらずのソ連が、人民戦線政府の支援に乗り出します。

革命を輸出することでソ連を守るという戦略から、レーニンは「コミンテルン」を作り、ドイツをはじめ、ハンガリー、イタリア、ブルガリア、フランスなどヨーロッパ各地で革命を仕掛けます。ところが、それらはいずれも失敗。そこへスペインで内戦が起きたので、しめたとばかり国際義勇団を組織して応援に入ったのです。

スペインの人民戦線政府による反ファシズムの闘いは、世界中の作家や知識人たちにも共感を呼び、こぞって現地に支援に入りました。前述したように、ジョージ・オーウェルもそのひとりです。

一方、ヘミングウェイは内戦に先立ち、オランダ人映画監督のヨリス・イヴェンスから『スペインの大地』というドキュメンタリー映画を撮っているので、ナレーションの一部をやってくれないかと声をかけられます。そして、その仕事を引き受けることにしてスペインに行ったのです。

おそらくそこには、スペインの反ファシズム運動への共感とともに、作家としての好奇心もあったのではないでしょうか。

私も好奇心の強い人間で、誘いがあれば、あまり、あと先考えないで話に乗ったりします。そもそも、作家は好奇心の強い人種です。いろんなところへ行って小説を書く、いわゆる「越境小説」。それが書きたくて、あっさりと誘いを受け入れて、スペインに行ったのだと思います。

ところがヘミングウェイを誘った映画監督は、ソ連が作ったコミンテルン出身の共産党員で、その製作費もコミンテルンの出資によるものでした。つまり、はじめから共産主義のプロパガンダ用に企画された映画だったのです。

ヘミングウェイはのちに、自分がプロパガンダに利用されたことに気づきます。たぶん後悔したんでしょう。そのあとすぐ、「オレはもう、プロパガンダ文学は一切書きたくない」とし、「反プロパガンダ文学」を目指します。

彼の『誰がために鐘は鳴る』に、内戦によって引き裂かれたスペインの現実を生々しく描くシーンがあります。

つい数日前まで、同じ村で平和に暮らしていた村人たち。ところが、教会がファシスト側に回ったということで、敬虔《けいけん》なカトリック信者を「ファシズムを支持している」などという理由で公開処刑してしまいます。

その間、教会のなかでは、「ファシスト」と呼ばれた神父や信者たちが死を覚悟し、祈りを上げている。そうした殺戮《さつりく》の描写が非常に痛々しいというか、読んでいてとても耐えられないようなシーンなのです。

教会から出てくる信者たちが、広場で次々に公開処刑されていく……。あの残酷な、むごいシーンを描くために、精神的にまいってしまったのではないでしょうか。

劉燕子　たしかに、あれほど残虐なことを書いたわけですから、誰だって心が傷ついてしまうでしょうね。

楊逸　ただし、そういうシーンを生々しく書いているからといって、ヘミングウェイは決してファシズムをかばったり、フランコ将軍に理解を示したりしているわけではありません。それは、ファシスト、人民戦線政府、両者に対する批判なのです。彼の立場は、反ファシズムや共産主義者ではなく、「ひとりの作家」なんだろうと私は思います。

事実、「私は個人主義者。こよなく民主主義を愛して、ただ小説を書きたいだけの作家である」と自身も述べています。

当時、プロレタリア文学の潮流が強いなかで、彼は一貫してプロレタリア文学を書きませんでしたし、共産主義者にもなりませんでした。これは、魯迅が共産党のメンバーに「オレたちの仲間になれよ」と言われたときに「お前たちが来たら、私はまた逃亡するよ」と言ったのと共通するものがあると、私は感じているのです。

共産主義、カストロ、神、そして自分自身への絶望

楊逸　ヘミングウェイは、スペインからアメリカに戻ってくると、今度はキューバに向かいました。

キューバに移り住んだヘミングウェイは、のちにキューバ革命を指導するカストロと親交を結び支援するようになります。それは、反ファシズムではなく反帝国主義、反植民地運動に共感してのことでした。

だが、カストロよりもっと親交があったのは、ひとりのスペイン人の神父です。『誰がために鐘は鳴る』の残酷なシーンを描いたあと、ヘミングウェイは神とは何なのかを、見つめ直したんだと思います。心の癒しというものが、作家には必要不可欠ですから。

彼は反ファシズムに同情してはいたものの、はたしてあのやり方でよかったのか。今、南米で起きている反帝国主義、反植民地運動にどう向き合うべきなのか。キューバですごした時間でいろいろ考えたのでしょう。と同時に、ＣＩＡから指令があったかもしれないなかで、カストロ支援についても知恵をめぐらしたのだと思います。

そのカストロは一九五九年一月、アメリカの傀儡《かいらい》であった大統領のバティスタを追い出してキューバ革命に成功。その直後の四月、最初にアメリカを訪問して、当時のアメリカ大統領ドワイト・アイゼンハワーに面会を申し入れました。

カストロは、自分がキューバの王様になるためにアメリカの支持を取りつけようとしたわけです。イデオロギーは共産主義でも資本主義でも何でもいい。自分が権力者になればいいという考えがあったのではないでしょうか。

ところが、カストロはアイゼンハワーから、なんと「ゴルフ中」という理由で面会を断わられてしまったのです。結局、アメリカで屈辱的な扱いを受けたカストロは、怒ってキューバに戻ります。そして、その二年後の一九六一年五月、「キューバ革命は社会主義革命だ」と宣言。ソ連率いる共産主義国側につくことを明言したのです。

つまり、カストロが社会主義革命を選んだのは、アメリカに拒絶され追い詰められてのこと。それは、選択肢が狭められていくなかでの、消去法の選択だったのです。もしアメリカが受け入れてくれていれば、カストロはアメリカを敵に回す社会主義を選ばなかったと思います。

カストロはそれまで、敬虔なクリスチャンでした。ところが、社会主義を国家のイデオロギーとして選択をすると同時に、神を捨てたのです。

ヘミングウェイが自殺したのは、社会主義革命宣言から二カ月後の七月のことでした。あれこれ総合して考えると、ヘミングウェイの死は、さまざまな「絶望」の重なりから起きたのではないでしょうか。その絶望とは、共産主義に対してであり、カストロに対してであり、神に対してであり、あるいはヘミングウェイ自身の葛藤から生まれた絶望ではなかったかと思います。

自分は反ファシズム、反帝国主義を貫いてきた。反ファシズムの世界的な最前線を自分で見聞きし、体験して作品に反映させてきた。それで、左寄りだと言われた。そしてキューバでも、反帝国主義、反植民地主義の革命を支持してきた。

ところが振り返ってみると、自分が戦ってきたものとは、本当はいったい何だったのか。その葛藤と絶望感で、ヘミングウェイは自死を選んだのではないか、というのが私の憶測なのです。

これほど深く思い悩んだ果てに自死した作家を、習近平と中国共産党政権は、平然とプロパガンダに利用しました。当のヘミングウェイは死んでも死にきれないでしょうね。歴史とはなんとも皮肉で非情なものです。

劉燕子　そうですね。「憶測」とおっしゃいましたが、論理的にもそこに行き着くような気がします。もし、ヘミングウェイが中国で生きていたら、魯迅と同じ運命をたどったでしょうね。それこそ「牢屋に閉じ込められながらも、なおも書こうとしているか、大勢を知って沈黙しているか」といったように。

経験しなければわからない共産主義の本当の恐ろしさ

一九六八年に運命が暗転したミラン・クンデラ

楊逸　私たちと同じように、共産主義に毒された祖国を見限り、海外で創作、文筆活動を行っている人はたくさんいますが、なかでもどうしても外せないのが、チェコ出身のミラン・クンデラです。

ここまで見てきた、オーウェルやヘミングウェイとは一線を画す独創的な文学的立場のクンデラもまた、中国共産党政権一〇〇年の〝悪〟を考えるうえで、実は非常に興味深い視点を提供してくれる作家だといえます。

劉燕子　そのとおりですね。

楊逸　ミラン・クンデラは一九二九年チェコスロバキア生まれ。現在九二歳でフランスに在住しています。一九六七年、小説『冗談』（西永良成訳、岩波書店、二〇一四年）で作家としての地位を確立しました。

翌六八年、ドゥプチェク共産党第一書記を中心に、チェコスロバキアの一般民衆が「人間の顔をした社会主義」を求めた改革運動「プラハの春」を始めます。そのなかにクンデラもいましたが、ソ連の軍事介入で運動はあえなく頓挫。チェコは自由どころか独立性を失って、ソ連軍の駐留を許すなど属国的な存在に堕《だ》してしまいました。

クンデラの著作も発禁処分を受け、一九七九年に国籍をはく奪されたためフランスに亡命。その後、現在に至るまで作家活動をつづけています。

二〇一九年にはチェコ国籍を回復。さらに翌二〇年には、かつて村上春樹も受賞としたチェコの文学賞「フランツ・カフカ賞」を受賞しています。日本では、映画にもなった『存在の耐えられない軽さ』（千野栄一訳、集英社、一九九八年）で知られているのではないでしょうか。

劉燕子　私にとって印象的な作品は、クンデラの代表作でもある社会主義国の不条理を風刺した『冗談』です。主人公の青年が、ちょっとした冗談を書いた絵ハガキを一枚出したところ、罪を着せられ鉱山に追いやられ、さまざまな迫害にあってしまいます。十数年後に復讐を目論みましたが、逆に「敵」の思うツボとなってしまう。その主人公が書いた絵ハガキの文句とは、「楽天主義は人民の阿片だ！ 健全なる精神なんて馬鹿らしい。トロツキー万歳！」という一言、それが、共産主義体制下では許されないことだったのです。

もう一作は、楊さんからも紹介があった『存在の耐えられない軽さ』です。これは、チエコからアメリカに渡った女性画家を主人公にした作品で、哲学的あるいは宗教的な要素が詰め込まれているため、いろいろな読み方ができます。

私も同じ社会主義国の出身者のひとりとして、読むたびに考えさせられる作品です。

「本当の深刻さなんて、お前さんにわかってたまるか」

楊逸　クンデラには、「反キッチュ」という大事なキーワードがあります。これがとても興味深く感じられました。キッチュとは「俗悪なもの」「いんちきなもの」「通俗的なお涙ちょうだいもの」といった意味がある言葉です。

クンデラは、「欧米におけるチェコや社会主義国家に対する理解はキッチュ的なものだ」

と批判しています。たとえば『存在の耐えられない軽さ』にこんなシーンがあります。公園で子どもがすべり台をすべり降りてきて笑う。そんなごく普通の日常的な微笑ましい一コマを眺めながら、アメリカの政治家が「ああ、これが幸せというもの。これがオレの求める幸せだ」と感慨深げに嚙みしめる。

実は、これこそがクンデラが指摘するキッチュ、つまり「安っぽい決めつけ」なのです。欧米人は社会主義を経験もしてないくせに、ただ新聞やテレビを見て、「これが社会主義、共産主義というものだ」とチェコを理解した気になっている。つまりクンデラは、「本当の深刻さなんて、お前さんにわかってたまるか」と暗に言っているわけです。

クンデラ作品を読んで感じ入るのは、欧米の民主主義国家で育った人たちは、共産主義圏の問題を「解決してあげたい」などとは言うものの、事の深刻さが本当にわかっているのかと問いかける鋭い視線です。

と同時にその視線は、同じ共産主義国出身の私にも向かってきます。クンデラを読んでいると、共産主義を体験した人間のひとりとして、実は何もわかっていなかったことに初めて気づかされる。何が私たちの国の深刻さなのか、本当のところはわかっていないのかもしれない、とすごく考えさせられます。

劉燕子　楊さんの言うように、まさにそれがクンデラの魅力なのでしょうね。共産主義の嵐のなかを生きなければならない人々に気づきを与えてくれます。

クンデラの作品はこの三〇年間、中国で読まれてきました。少なくともリベラルな文学者にとってはポピュラーな存在と言えます。

とくに、チベットの作家たちに大きな影響を与えました。たとえば、この本でも何度か登場した『殺劫　チベットの文化大革命』や『チベットの秘密』（王力雄共著、劉燕子編訳、集広舎、二〇一二年）などの著者、ツェリン・オーセルです。オーセルは一九六六年、チベット自治区の首府ラサ生まれ。地元紙の記者や文芸誌の編集者となりますが、職を追われ、市民権も失いました。

彼女は、よくクンデラを引用します。たとえば、有名なのは「ものを書くことは、独裁政権との戦い」や「忘却に対する戦い」といった言葉です（『笑いと忘却の書』西永良成訳、集英社、二〇一三年）。

オーセルとクンデラは、境遇がよく似ています。オーセルは、二〇〇三年に出版したエッセイ集『西蔵筆記』（未邦訳）が「政治的に誤りがある」とされ、発禁処分になってしまいます。その後、中国に住んでいながら、市民としての権利は全部はく奪されました。

そのため、「自分は中国の『国内亡命作家』だ」と自称しています。クンデラ同様、歴史の証人として、歴史の記憶として、また祈りとして創作活動をすると語っています。

ここでいう「亡命」の意味は、実際に迫害されたため国外に出ていくという形だけの亡命では決してなく、ひとつのメタフィジック（形而上的）な亡命でもあると。なぜなら、小説家や詩人は永遠の亡命者だからです。彼女の場合、発禁処分以来当局の監視が厳しく、市民として権利もはく奪されているため、現実的には出国不可能です。それでも二〇一三年、アメリカ国務省から授賞された「国際勇気ある女性賞」をはじめ、数々の賞を受けて、歴史に名を刻んでいます。

ちなみに、ツェリン・オーセルの夫は王力雄《おうりきゆう》です。漢民族の出身で、彼の作品『黄禍』（横澤泰夫訳、集広舎、二〇一五年）は、楊さんが紹介した『亞洲週刊』の二〇世紀の中国文学一〇〇作品のひとつにも選ばれています。

王力雄は二〇〇〇年頃、新疆ウイグル自治区の調査に入ったため、国家機密窃取《せっしゅ》罪で逮捕、起訴されました。投獄されたのち、獄中で自殺を図りましたが、すぐに発見され未遂に終わります。

その後、二〇〇四年にツェリン・オーセルと結婚。それから次々と作品を出していて、

2003年10月3日、新疆の大地に立つ王力雄（左）とツェリン・オーセル（右）。王力雄は1953年生まれ。父は文革で「走資派」として糾弾され、拘留中に自ら命を絶った。王、オーセルともウイグル人、チベット人などの声なき声を代弁しつづけているが、置かれている環境は厳しくなる一方である。（劉燕子）

邦訳もされています。二〇一一年には来日も果たしました。現在では、夫婦ともに出国権をはく奪されて、中国から出られませんが……。

王は、対話が禁じられたままウイグル人と漢人のあいだに心理的な「万里の長城」が横たわりつづければ、中国の至るところで〝パレスチナ化〟が加速とすると、いち早く警鐘を鳴らしていました。

王力雄の逮捕のきっかけとなった新疆ウイグル自治区の調査、取材をまとめた『私の西域、君の東トルキスタン』(馬場裕之訳、集広舎、二〇一一年)は、私も監修として邦訳に携わり、解説も書いています。また二〇一九年に藤原書店から、ITで監視された社会を描いた『セレモニー』(金谷譲訳)も刊行されました。

作家に「越境」や「亡命」の修飾語はいらない

劉燕子　話をクンデラに戻します。彼の作品は、中国で発禁処分になることもなく、この三〇年あまり、ずっと読まれつづけてきました。

全体主義に対する反骨精神が感じられるクンデラの作品をはじめ、東欧出身の作家たちの小説は、中国の作家、とくに独裁体制の下でもなお、自由に表現したいと考えている作家たちにとって重要な必読書となっています。彼らは、東欧諸国の全体主義政権のもと、政府や秘密警察への協力を拒否して迫害された経験をもつなど、その骨っぽさは筋金入りです。そうした厳しい環境で生まれた豊かな文学だからこそ、さまざまな読み方ができるわけです。

クンデラの有名な言葉があります。

「文学を祖国にする」

クンデラの作品が、決して国籍にとらわれることなく、優れた「越境文学」として世界文学のひとつの頂点にもなっている理由が、この言葉からもわかりますね。

楊逸　劉さんがおっしゃった「越境」や「亡命」について、クンデラも興味深い指摘をしています。

「越境作家」や、劉さんが研究する「亡命作家」という呼称がありますが、実はクンデラは「作家」という言葉の頭にいかなる言葉であれ、修飾語がつけられることを嫌っています。「○○作家」と呼ばれること、それはクンデラにとってひとつの〝檻〟に閉じ込められることになるのです。

そうしたステレオタイプのレッテルを貼られないよう、創作と発言にいかに腐心しているか、クンデラの作品の端々にそれが感じられます。

私自身も「越境作家」と言われることに違和感があります。作家に修飾語がついたら、それは一種の束縛になってしまうからです。

クンデラは、講演や取材で「あなたは共産主義者ですか？」と聞かれると、「いいえ、私は小説家です」と答えています。それでもなお「あなたは左翼ですか、右翼ですか」と聞かれる。すると「いいえ、私はどちらでもなく小説家ですよ」と答えるのです。

だから、クンデラは「社会派の小説家」「批判性のある小説家」「亡命小説家」といった、決めつけを超えた先にいる作家だといえます。

ひるがえって私はというと、作家としてクンデラのように先を見通す視点も知恵もありませんでした。同じ社会主義の国で生まれ育って、厳しい経験もして、いろいろ恨みつらみがあるにもかかわらず、祖国を出たあと、小説を書く人間としてクンデラのようにはなれそうにない。クンデラを読めば読むほど、それをすごく感じるのです。

劉燕子　たしかに、作家は作品そのもので評価されるべきでしょう。そのうえで、国内から出ざるをえない亡命作家は、その存在自体が言論抑圧の確たる証拠となっています。さらに、外部にいて「内」を超えた視点を獲得でき、なおかつ母語を通じて「内」と強く結ばれてもいる。

この内と外がからみ合う「マージナルな立場」で考え、創作するということに、私は注目するのです。ただ、この問題はなかなか語り尽くすことができず、私の研究課題となっていますね。

楊逸　第二章でも触れましたが、一部の中国人作家たちは、自作が発禁処分されることを、海外での知名度を上げるために、ある種ワザと利用しているように思えてなりません。

ところが、これも言ってしまえば、クンデラの言うところの「キッチュ」なのです。外側にいる欧米の人々は発禁作家たちを煽り、「オレたちは支持するよ」ともてはやす。それこそクンデラが「キッチュ」と批判するところなのです。

同じように、みんなはクンデラを「亡命作家」と位置づけます。その定義のなかで、クンデラはもがいているのではないでしょうか。自分は「亡命作家」なんかじゃない、オレは作家、小説家なんだと。

だから、共産主義者か左派か右派かと聞かれると「いいえ、私は小説家」と答える。その心理を読むときに、私はすごく毅然として〝俗〟に媚《こ》びない彼の姿勢に感動するのです。

「反キッチュ」というのは、まさにそういう姿勢、生き方のこと。彼が求める境地は「亡命作家」とか「越境作家」などの定義を、はるかに超えたところにあるのです。

文学を通じて「共産主義」を理解すべき本当の理由

楊逸　クンデラは、作家のこだわりとして「小説の道徳」ということを言っています。その立場から、意外に思えるかもしれませんが、先ほど私たちが取り上げたジョージ・オーウェルを厳しく批判しました。オーウェルの作品に文学性は認められないと。

『動物農場』にしろ『１９８４』にしろ、それは「アンチ・プロパガンダ」という、結局はある種のプロパガンダ文学にすぎないというのが、クンデラの解釈なのです。政治にかかわる、あるいは批判性が入っているのは「不純」であると。そうした「不純」を一切排除するのが、彼の求める文学の姿なのです。

クンデラが言う「小説の道徳」とは、つまりは政治的な判断を停止すること。小説のなかで、やたらとジャッジする。本当は相手をそこまで理解していないくせに、現象的に「ああ、しょせん、あんなものは」とすぐに価値判断して批判する。クンデラにとって、それは「文学」でもなければ、「文学的」なものでもないのです。

ちなみに、全体主義批判小説と見られる『1984』を容認できない理由として、次のように書いています（『裏切られた遺言』西永良成訳、集英社、一九九四年）。

オーウェルの小説の有害な影響は、ある現実を容赦なく政治的な側面に還元し、しかもその同じ側面を、模範的なほど否定的なものに還元してしまうことにある。私は、このような還元を、全体主義の悪にたいする闘いのプロパガンダだから有益なのだなどといって許すことを拒否する。なぜなら、その悪こそまさに、人生の政治への還元、政治のプロパガンダへの還元だからだ。

ここまで諦観的にならないと人間は覚醒できないのかと、私なんかは思ってしまいます。普通の人たちには無理。私にも無理です。

劉燕子　たしかに、「政治」や「批判」を文学作品の評価の指標とすることはできないでしょう。ただし、文学は思想や言論の自由の希求のうえに成り立っていますから、クンデラのオーウェル評は傾聴に値しますが、それでもオーウェルの作品の意義は、やはり高いと思います。文学性の評価基準は、人それぞれでいいのではないでしょうか。

楊逸　もちろん、ここまで見てきたように、たしかにクンデラの作品は衝撃力を持っていますが、オーウェルの文学作品もまた、共産主義を見事に解体しています。とくに彼の『動物農場』は、まさに中国の一九五〇年代、六〇年代そのものです。まるで、そのまんま中国の実像を再現しているかのように感じられます。

クンデラは、それを「政治のプロパガンダへの還元」だとして批判しているわけですが、私にいわせれば、『動物農場』は、欧米のキッチュな政治家たち、あるいは一般の人たちがどうしても理解できないようなことを、わかりやすく見せていると評価しています。

無論、この点においてクンデラのオーウェル評を批判したいわけではなくて、むしろ文学の在り方は多様でいいのです。クンデラにはクンデラの流儀がある。手法として、純粋に文学性を追い求めている。でも、その一方でクンデラは、「小説はどういうものかというと、極めて小さい空間のなかに、最大の多様性を入れることだ」とも言っているのです。ですから、私としては、小説というひとつの文学ジャンルのなかに、多様性を容認できないものか、いや、むしろ容認しなければならないと思っています。

劉燕子　本当にそうですね。文学の本質には、全体主義への拒絶があるのではないでしょうか。だからこそ、それぞれを容認し合うことが大切なのだと思います。

楊逸　私は文学を通じて、「共産主義」とはどういうものなのかを一般の人たちにもわかってほしいと思っています。なぜなら、それをわかったうえでの〝覚醒〟というのが絶対的に必要だからです。問題は、文学性とプロパガンダは両立できるのかどうか。そのジレンマのなかで戦っていたのが、まさにヘミングウェイだったんですね。

前項で彼の『誰がために鐘は鳴る』を取り上げました。そこで残酷な公開処刑のシーンをあえて描いているのは、まさに文学性とプロパガンダ双方の表れなのです。

つまり、彼の立場は反ファシズムでもなく、共産主義シンパでもなく、ひとりの作家であるということ。その姿勢は「文学への回帰」といっていいかと思います。『誰がために鐘は鳴る』は社会性もあるし、戦争批判も強いわけだから、クンデラがオーウェルに向けた「不純なものは一切入れちゃいけない」というところまでは、当然いってはいません。

文学の多様性という意味で、オーウェルも必要な作家です。世界的にも、難解なクンデラよりよほど、その言わんとしているところは伝わりやすい。みんなが受け入れられるし、中国では日々、人々の目の前でそうしたディストピア劇が〝上演〟されている。

つまり大事なことは、文学というのはヘミングウェイも必要だし、クンデラも必要だし、オーウェルも必要だということ。そのうえで、いかに深掘りして読むか。彼らの意図するところを、いかに読み取るか。同じ作家だからかもしれませんが、私はそこを重視していますし、常に作家として反省を必要とするところでもあります。

クンデラの「純粋性」、ヘミングウェイの「ジレンマ」、さらにオーウェルの「先見性」。私には、いずれもよくわかります。

ではいったい、私の立ち位置はどこにあるのか。どうして、あの作家たちは、こんなふうに大衆から飛び出て、いろいろな事象を俯瞰《ふかん》できるのか。それは、文学者だからなのか。では、どうして自分には、そうした視点がないのか。

常に自問しつづけていますが、いまだに答えは見つかりません。

劉燕子　難問ですね。中国語で根本的な疑問を意味する「天問《ティエンウェン》」といっていいかもしれません。ただ、楊さんの立ち位置ということで思い出したのが、スラブ文学研究者である沼野充義東大名誉教授の「新しい文学世界へ――大きな楊文学についての小さな論」（『文學界』二〇〇八年九月号）という論文です。

そこで沼野さんは、楊さんの小説について、日本語に刺激を与え、視野を世界へと広げると評価していました。これは私自身にとっても、非常に重要な評価です。あるいは、宿題を与えられたといえるでしょう。

小説を書くという仕事とは？

劉燕子　この対談もそろそろ終幕に近づいてきました。そこで、中国から日本に来て作家を一五年つづけている楊さんに改めて聞きたいのは、いったいなんのために小説を書いているのかということです。

楊逸　当初は生活のためだと思っていました。私にとって、それが作品から「不純物」を排除するひとつの手法だからです。

私は、偉そうに言うのは大嫌いなんですね。書く理由として「使命感」といった言葉を持ち出すのは、恥ずかしいことでした。

たぶんクンデラも、使命感なんて言われるとイヤがるはずです。私は作家としてクンデラにとても好感を持っている。彼の孤独もよく理解できます。そんなクンデラが、孤独とはどんなに素晴らしいものかを伝えている。

彼の『存在の耐えられない軽さ』にあるのは「分裂＝二元論」です。作品における、心と性の配置の仕方、宗教の使い方、哲学の使い方。これらが物語っているのは、孤独と絶望感です。それによって、人々はおたがいに苦しめ合っている。どんなに愛している人でも、心の友でも、体の友でも、たがいに苦しめ合って、戦い、生きているという姿を描いているわけです。

劉燕子　そうですね。お話をうかがって、第二章でも少し紹介したフランスに亡命した作家、高行健の「冷」の文学を思い起こしました。彼も「文学は政治とは関係のない『純然たる個人の事柄』であり、自分は『主義をもたない主義』で、冷静に醒めた目で世界を認識すべきだ」と述べています。

天安門事件後、高行健は『逃亡』という戯曲を書きましたが、たしかに事件を背景としているものの、事件そのものは描いていません。ですから亡命した民主活動家にとって「物足りない」内容だったのです。

ところが、中国共産党政府は『逃亡』を『海外亡命知識人の反動言論集』に収録し、高行健を公職から追放。しかもすべての作品を発禁とし、家などの財産も没収しました。

つまり、政治とかかわりのない個人を追求した文学が、結果として文学を政治に奉仕させる中国共産党への挑戦となったのです。

上は高行健のパリの自宅、下は京都にて。高行健は1940年生まれ。中国では劇作家として活躍。天安門事件を契機に政治亡命し、1997年にフランス国籍を取得。2000年、華人として初のノーベル文学賞を受賞した。日本語に翻訳された著書は『霊山』（飯塚容訳、集英社、2003年）など多数。

第四章

「悪の本質」が世界を蝕むとき

共産主義100年の“誤読”

楊逸　クンデラの小説のなかに、トルストイの『アンナ・カレーニナ』（1〜4、望月哲男訳、光文社、二〇〇八年）に触れた部分があります。アンナ・カレーニナは、子どもも夫も、すべてを捨てて駆け落ちしますが、その愛の過程というのは、まさに相手と一緒になって地獄を作ること。この関係性は、私の読みでは男女の恋愛をメタファーにして、国と人との関係、民族との関係に言及したのだと思います。

そうした一対一の関係性は、文学にも、政治にも、国にも通じるわけです。国と大衆、支配者と被支配者……。解決策のない「永劫の回帰」が書かれているといえます。

人間の善良性は、自分が支配する相手の扱い方に表れる。これはまさに国家と人民の関係性と同じではないでしょうか。

たとえば、飼い主が人間という支配者の立場から、ガンにかかった犬をいかに幸せに死なせるかを考える。それは人間の善良さの表れといえますが、半面、残酷でもあります。また夫が妻を愛していると言いながら、心の愛と体の愛は別だとばかり、ほかの女と浮気を繰り返す。それが妻を苦しめる……。

これも残酷です。妻は妻で、夫とのあるべき関係性や家族の正しい在り方といった、自分自身の〝イデオロギー〟に縛られていることになるわけですから。

「社会主義は端的に言えば、こういうものだ」と定義することは簡単かもしれませんが、実際、そのなかで生きてきた人間にとっては、「その定義どおりのもの」ではありません。感情、体験、心の苦しみ、体の苦しみなどが絡まって非常に複雑です。だからクンデラは、「お前らにわかってたまるか」と言ったのです。

悪しき共産主義に打ち勝つ〝武器〟としての文学の力

劉燕子　先ほど、クンデラ以外にも東欧の作家が中国文学に影響を与えてきたことを紹介しました。実際、私もチェコの文学やナチスに迫害された作家などに関心を向けていますが、その境界性や思想性について、いつも考えさせられます。

たとえば二〇二〇年九月、チェコのビストルチル上院議長やプラハのフジブ市長らチェコ代表団が国交のない台湾を訪問し、中国当局が烈火のごとく怒りました。プラハはもともと北京と姉妹都市協定を結んでいましたが、それを解消し台北へと鞍替えしたのです。

フジブ市長は北京との姉妹都市協定に含まれていた「ひとつの台湾」条項の削除を北京に求めましたが、その交渉をめぐって中国は信頼できないとして、台湾を選んだのです。

おたがいに共有している民主主義と自由の価値を守る台湾を支援すると。このようにチェコや東欧の中国に対する影響は大きいのです。

そもそも一九八九年は、世界史の転換点でした。ポーランド、ハンガリー、チェコスロバキア、ルーマニアなど東欧の共産党政権が相次いで崩壊。さらに、一一月にはベルリンの壁が崩壊しました。その起点となったのが、その年の四月から本格化した天安門広場での民主化運動だったのです。

一九八九年の、いわゆる「ビロード革命」で民主化を果たしたチェコスロバキアの大統領となった作家ヴァーツラフ・ハヴェルは劉暁波を高く評価し、彼が中心となって起草した「〇八憲章」を支持していました。そもそも劉暁波たちの「〇八憲章」は、ハヴェルが中心となって反体制派が人権尊重などを訴えたチェコスロバキアの「憲章77」から大きなヒントを得たものです。

やはりここでも見られるように、東欧の作家が全体主義に抗して頑張ってきたことが、中国の作家に影響を与えていたことがわかります。劉暁波が逮捕されると、ハヴェルは中国大使館に行って抗議したのです。

あるいはルーマニア出身で、一九八七年に西ドイツに亡命し、二〇〇九年にノーベル文学賞を受賞したヘルタ・ミュラーがいます。彼女は劉暁波の妻でアーティストの劉霞のドイツ亡命に手を差し伸べました。ミュラーの作品もまた、中国でよく読まれています。

そもそも、東欧の作家たちは秘密警察につけ回されたり、密告を強制されたりするなど、日常的に圧迫を受けていたので、中国人の作家をとても強く支援してくれるのです。

ミュラーの作品は、ルーマニアにおけるドイツ系民族の迫害をテーマとしています。彼女もドイツ系ルーマニア人ですから、それは社会的なテーマであると同時に、彼女自身のアイデンティティにもかかわる問題だったのです。

だが彼女は、チャウシェスク政権下で、秘密警察への協力を拒否して職を追われてしまいます。一九八二年に出版した短編小説が体制批判だとして危険視され、国内での出版を禁じられたのです。

そんなミュラーにとっても、一九八九年は当然のことながらひとつの大きな転換点になりました。ベルリンの壁が崩壊した翌月、ミュラーのふるさとルーマニアではチャウシェスク政権が崩壊し、社会主義体制が終焉を迎えたのです。

彼女にはそうした全体主義のもとでの苦しい経験があったので、劉霞たちを支援してきました。さらには、莫言が二〇一二年にノーベル文学賞を受賞した際、「莫言は検閲を称賛している。授与決定は破滅的だ」と批判しています。

楊逸　第三章でも少し触れたように、共産主義の危険性は、私たちのそばにひたひたと迫ってきています。日本は政界も財界も経済に過剰に重きを置き、中国共産党と妥協に妥協を重ねてきました。その結果、中国共産党は増長するばかりだったのは周知の事実です。

二〇一八年ごろから激化した米中貿易戦争。この主戦場はもちろんアメリカと中国ですが、その陰で反共産主義をしっかりと訴え、地道に活動してきたのは、チェコやポーランドといった旧共産圏の国々でした。こうした国の人たちは、共産党政権による恐怖の全体主義というのをイヤというほど経験しています。ですから、絶対にその時代に戻りたくはないのです。

一方で、そういう政治体制を経験したことのない自由主義の国の人たちは、共産主義の本当の怖さ、恐ろしさ、悪質さをやはりわかってはいません。ですから二〇二二年に開催予定の北京冬季オリンピックにも、世界各国が参加することでしょう。

しかしながら、私は絶対にボイコットすべきだと声を大にして言いたい。なぜなら、普通に考えたら疑問に思うはずです。なんで「平和の祭典」を、一党独裁で、人々が自由に発言することすらできない国でやらなければならないのかと。

第二章でも述べたように、間違いなく中国共産党はオリンピックの開催を、これまでの悪事の「正当化」に使ってきます。そして、中国で生きるブタを使って、世界に〝共産主義のすばらしさ〟を浸透させる動きを強めるはずです。

こんな悪循環は、いい加減断ち切らなければなりません。そのために力を発揮できるものこそが、人の心を動かすことができる文学なのです。

だからこそ私は、日本の皆さんにこの本で紹介したような共産主義の本質、恐ろしさに迫った中国文学、あるいはヘミングウェイやオーウェルをはじめとする鋭く社会をえぐり取る文学、そしてクンデラらによる全体主義の〝毒〟をふまえた文学を読んでほしい。あるいは読んだことがあるなら、ここで劉さんと私で語ってきたことを頭の片隅に置きながら読み直してほしい。

そう心から願っています。

あとがきにかえて

劉燕子

一

私の手元に一枚の写真があります。

左から、劉蘇里《リュウスウリ》、廖亦武、筆者、劉暁波です。二〇〇七年三月二七日、北京のよどんだ寒空の下、大学街にあるリベラルな知的空間「万聖書園《ワンシュンシュウユアン》」内のカフェバー「醒客（Thinker's cafebar）」で撮影したものです。オーナーの劉蘇里は中国法政大学元講師で、天安門事件にかかわり、一九八九年から二〇カ月間拘束されました。秦城《チンチェン》監獄（国務院公安部管轄の高級政治犯収容所）では劉暁波の「獄友」でした。

釈放後の一九九三年、劉蘇里は自由な表現は自由な社会への第一歩だとして、万聖書園

右から廖亦武、劉暁波、私、劉蘇里。2007年、北京の万聖書園にて。廖亦武は1989年、天安門事件に関連した詩や映像作品を製作したことを理由に懲役4年の刑を受けたのち、2011年7月、ドイツへと亡命。一方、劉蘇里は1960年生まれ。1993年、中国の民営書店の先駆けとなった「万聖書園」を北京大学、清華大学近くに開き、今も知識人たちを支援しつづけている。厳しい統制の下、劉蘇里のような人物の存在が、絶望のなかの希望である。(劉燕子)

を開きました。この書店は、一党体制の中国における自由・独立精神のシンボル的な存在です。しかし、常に公安当局は監視し、私服警官が電気修理や衛生点検などを装い不意打ちでガサ入れを行います。

劉蘇里は、お客さんにオーウェルの『動物農場』や『1984』、アーサー・ケストラーの『真昼の暗黒』(中島賢治訳、岩波書店、二〇〇九年)などを勧めます。だが、残念なことに親友の王力雄、ツェリン・オーセル、劉暁波たちの著書は一冊も棚に並んでいません。そうしてしまうと、書店が閉鎖されるだけでなく、店員まで連座で処罰されるからです。

二

一九八九年六月四日未明、天安門広場での武力鎮圧の状況下、劉暁波はハンスト仲間とともに戒厳部隊と必死に交渉し、広場からの無血撤退を実現しました。彼自身は近くの病院に避難した後、外国の駐在員向けのマンションに移動しました。その二日後、劉暁波は亡命を選択せず、自宅に向かいましたが、途中で逮捕されました。まるで暴漢の集団に襲われるかのように、彼は脇から突進してきたワゴン車にはね飛ばされ、出てきた数人の巨漢に縛り上げられ、目も口もふさがれました。

これ以後、投獄や自宅軟禁が繰り返され、劉暁波は外で自由にことさえ困難な状態に置かれます。ですから、先述の「醒客」での出会いは極めて貴重な機会だったのです。それ以来、劉暁波は「自分の考えが日本の人々にどう受けとめられるか知りたい」と、二〇〇八年一二月八日に拘束されるまで、私にメールで詩や評論などを次々に送ってきました。

劉暁波は民主活動家として知られていますが、詩人でもあります。奥様の劉霞さんは、劉暁波について「単なる政治的な人間ではなく、不器用ながら、ずっと勤勉な詩人であり続けました。たとえ投獄されても、詩を書くことを放棄しませんでした。紙やペンを没収されても、頭で想いを綴りました」と語っていました。彼の詩は『詩集 独り大海原に向かって』（書肆侃侃房、劉燕子・田島安江編訳、二〇一八年）に収録されています。

劉暁波は「国家政権転覆煽動罪」で懲役一一年の判決を下されましたが、その処罰の対象となったのは「〇八憲章」など六篇の文章でした。ただ自分の考えを言葉で表しただけなのに、このような重罪を科されたのです。

これに対して、劉暁波は二〇〇九年一二月二三日、法廷での最終陳述で「私には敵はいない」と表明し、次のように述べました。

私はこう期待する。まさに中国において連綿と絶えることのなかった「文字獄」の最後の被害者に私がなり、これからは誰もが発言の故に罪を得ることのない社会が実現できることを。

三

劉暁波の期待とは裏腹に、圧倒的な一党体制下の箝口令《かんこう》に抗して自由な表現を求める者たちは次々に投獄され、また亡命する文学者も絶えませんでした。たとえば、一九五八年生まれで、劉暁波の「老朋友《ラオパンヨウ》」(古い友人)でもあった廖亦武は、二〇一一年七月にベトナム国境を越え、ついにドイツに亡命します。それまで彼は一七回も出国を禁じられており、ようやく密出国できたのです。

彼は自著の『銃弾とアヘン』(土屋昌明・鳥本まさき・及川淳子訳、白水社、二〇一九年)で、次のように指摘しています。

思想犯罪をしている国家において、一人の作家が、もし生まれながらに持っている良心がまだ消えておらず、より大きな範囲の真実を伝えようと試みるならば、執筆それ自体はまさに罪証を作ることになる。

罪にまみれた国家では、「真実」が「罪証」になってしまいます。しかし、廖亦武はそのような国家の暗愚な腐敗を、義憤と侠気を結晶化した詩句で赤裸々に明かしたのです。二〇一九年末からの新型コロナウィルスのパンデミックに対して、彼は同時代を記録するルポルタージュ文学『武漢ウィルスがやって来た』で、次のように叫びました。

私はマスクをむしり取り、唾を噴射する
これこそ人民の唯一の武器だ
……
——我は武漢の病める者
だが彼らは我を武漢ウィルスと呼ぶ
我は我が祖国では逃亡者

だが我が職業は医師――
この墓碑銘を、私は前もって書いていたのだ
私は知っていたから
この空前のパンデミックにおいて
ウソの帝国に殉葬させられる中国人は
誰もが墓碑銘など遺せないと

実際、いち早く感染拡大に「警笛を吹いた」李文亮《リウェンリャオ》医師は、当局に処罰されながら奮闘しますが、感染して亡くなりました。その「警笛」を渡された医師の艾芬《アイフェン》は、初動の遅れを指摘しましたが、その記事はネットから削除されました。武漢在住の著名な作家、方方《ファンファン》はロックダウンの実情を書いた日記をブログに載せましたが、口封じされました。国内だけでなく、世界に大きな災禍をもたらしたのではないかという疑念が呈されているのに、その現場にいるはずの中国の大半の作家たちは、沈黙を余儀なくされたのです。

他方、廖亦武は前掲の詩句を、北京から七〇〇〇キロ以上も離れた亡命先のベルリンの

静謐《せいひつ》な夜空に響かせました。作家が思想の自由を得ようとするならば、自律した「個」であろうとするならば、沈黙するか逃亡しかないことを、廖亦武は身をもって示しています。中国の〝国境〟には、グレート・ファイヤーウォールが厳然として立ちはだかっていますが、統制の闇を切り開こうとする彼の声には、劉暁波の精神が国境を超えて息づいていると捉えることもできるでしょう。

四

劉暁波や廖亦武だけではありません。日本に留学して以来の三〇年間、とくにこの二〇年の歳月で、私を取り巻く友人たちの状況は大きく変わりました。執筆禁止か、獄中か、獄死か、亡命か、さらには国内でもブラックリストに載せられ日常的な尾行や監視で沈黙を強いられ亡命同様の状態に置かれています。私は日本にいて微弱な声しか出せず、うつうつとふさぎ込むばかりだったのです。

そんな私に、ベテランの編集者でノンフィクション作家の前田和男さんが、本書の企画を提案してくださいました。そこで私は、楊逸さんに相談したところ「燕子は自分の考えや意見を率直にしゃべってね。私に合わせなくていいから。私たちは双子じゃない。議論になるほうがいいでしょう」と後押ししてくださったのです。

ウィーチャットの音声通信を通じて、iPadの向こう側から、さわやかな声が聞こえてきました。中国の東北地方の特徴を帯びた「普通話《プートンファ》（共通語）」を話す彼女とは、これまでまったく面識がなかったのに、まるで旧知のような感じでお話しできました。というのは、私の父は、本籍は湖南省ですが、生まれは楊逸さんと同じハルビンなのです。同じ中国といっても、私の故郷の長沙は「氷の都」と呼ばれるハルビンと二二〇〇キロ以上離れています。北海道から沖縄くらいの距離で、直行便でも四時間かかります。

私の祖父は、国民党政府の林業政策に従い、東北地方の森林資源の利用と開発の技術者として、まず黒竜江省のジャムス市に単身赴任し、それからハルビンに引っ越しました。そして父が生まれ、そこで終戦を迎えたのです。

五

本書は中国共産党創立一〇〇周年に際して出版されますが、「とりあえず、一〇〇周年に便乗しよう」という類のものではありません。文学という切り口から、マルクス、レーニン、毛沢東などによりイデオロギー的に飾りつけられた中国共産党とは、いったいどのような存在であったのか。一〇〇年という節目に、改めて考えてみたものです。

それは、国際公約である「一国二制度」がまだ有効であるにもかかわらず、一党体制への異論を取り締まる「香港国家安全法」が施行されたことからなおさらです。早速、香港の公立図書館では、自治を求める市民運動の歴史などに関する図書の貸出も閲覧も停止されました。

香港民主派の著書だけでなく、廖亦武の『這個帝国必須分裂（この帝国は分裂せねばならぬ）』や余杰（二〇一二年に米国に亡命）の『納粋（ナチ）中国』も、その「栄誉」にあずかったということです。さらに彭順強《ポンシュンチャン》の『公民抗命三巨人：甘地・馬丁路徳金・曼徳拉（市民的抵抗の三巨人：ガンディー、マーティン・ルーサー・キング、マンデラ）』も姿が消えました。

さらに、書籍だけにとどまりません。天安門事件の追悼集会や二〇一九年一〇月一日の建国七〇周年記念日に行われた無許可デモの計画などを罪状に、批判的論調で知られる新聞『リンゴ日報』創業者の黎智英《れいちえい》（ジミー・ライ）や、黄之鋒《こうしほう》（ジョシュア・ウォン）ら若き民主活動家が次々に投獄されました。

かつてヒトラー率いるナチ党は世界制覇のために国内では異論を徹底的に弾圧し、「焚《ふん》書《しょ》」まで行使しました。つまり焚書は「焚人（＝虐殺・戦争）」の前奏曲です。はたして、この歴史は繰り返されるのか。このような時代こそ、文学の真価が問われるでしょう。

六

自由に考えて書くことは文学の命です。それが中国共産党の執政の下で、どのようになってきたのか。

これは単なる批判ではありません。文学というフィルターを通して問いかけることは、返す刀で自分自身にも斬り込むことになります。文学者であれば「自己解体」を恐れてはならないからです。たとえ自らを虚飾や汚辱の底なし沼に送り出すことになろうとも、内からの呼び声に従わねばなりません。

中国に生まれ、育ち、来日し、母語ではない日本語で著述するなど境遇や体験が重なり合う先輩の楊逸さんと語り合えたことは、とても有意義でした。でも、ほかにもいろいろと話したいことがあります。本書では語り尽くされていないのです。

とは言え、これを一里塚にして、さらに対話や議論が広がるでしょう。文学は独裁体制より寿命は長いはず。

最終的に、中国共産党がどのようなことをしたのか、将来、文学が記録することでしょう。本書が、そのためのひとつの証言になることを願っています。

改めて、楊逸さん、そして本書を企画してくださった前田さん、そして丁寧に編集してくださった大森勇輝さん、ありがとうございました。

ここまで読んでくださった読者おひとり、おひとりに感謝します。

天安門事件三二周年の二〇二一年六月四日

著者略歴

楊 逸（ヤン・イー、Yang Yi）

作家。
1964年、中国ハルビン生まれ。87年、留学生として来日。95年、お茶の水女子大学卒業。2007年、『ワンちゃん』（文藝春秋）で文學界新人賞受賞。翌08年、『時が滲む朝』（文藝春秋）で、日本語を母語としない作家として初めて芥川賞を受賞。『金魚生活』『中国歴史人物月旦 孔子さまへの進言』（以上、文藝春秋）、『すき・やき』（新潮社）、『あなたへの歌』（中央公論新社）、『わが敵「習近平」』（飛鳥新社）、『中国の暴虐』（共著、WAC）など著書多数。現在、日本大学芸術学部教授。

劉燕子（りゅう・えんし、Liu YanZi）

現代中国文学者。
1965年、湖南省出身。91年、留学生として来日。大阪市立大学大学院、関西大学大学院修了。大学で教鞭を執りつつ日中バイリンガルで著述・翻訳活動に従事。『中国低層訪談録―インタビューどん底の世界』『殺劫 チベットの文化大革命』『チベットの秘密』『劉暁波伝』『「〇八憲章」で学ぶ教養中国語』（以上、集広舎）、『天安門事件から「08憲章」へ』『「私には敵はいない」の思想』（以上、藤原書店）、『詩集 独り大海原に向かって』（書肆侃侃房）など編著訳書多数。

帯写真：石橋素幸
P107 写真提供：共同通信社

「言葉が殺される国」で起きている残酷な真実

2021年7月15日　第1版発行

著　者　楊逸　劉燕子
発行人　唐津 隆
発行所　株式会社ビジネス社
〒162-0805　東京都新宿区矢来町114番地　神楽坂高橋ビル5階
電話　03(5227)1602（代表）
FAX　03(5227)1603
http://www.business-sha.co.jp

印刷・製本　株式会社光邦
カバーデザイン　中村　聡
本文組版　茂呂田剛（M&K）
営業担当　山口健志
編集担当　大森勇輝

ISBN978-4-8284-2302-9